Zentrale Gestalt und Erzählerin dieses Romans, der 1966 zuerst in England veröffentlicht wurde, ist Elizabeth Van Den Sandt, eine junge weiße Frau, die ihre Geschichte an dem Tag erzählt, als sie die Nachricht vom Selbstmord ihres früheren Mannes Max bekommt, der seinen Wagen in das Hafenbecken von Kapstadt gesteuert hat und ertrunken ist.

Max hat aktiv in einer Widerstandsgruppe mitgearbeitet, die versuchte, den südafrikanischen Staat durch gezielte Sabotageakte lahmzulegen. Als er gefaßt wurde, ließ er sich »umdrehen« und arbeitete als Informant für den Staat, den er bisher bekämpft hatte. Aus Elizabeths Sicht ist dies die Konsequenz einer im Grunde »liberalen« Haltung, die Max seiner »bürgerlichen« Herkunft und Erziehung verdankte.

Elizabeths innere Auseinandersetzung mit dem Schicksal des Mannes, von dem sie schon lange getrennt ist, mündet in die Frage ihrer eigenen Haltung zur Widerstandsbewegung gegen das Regime der Apartheid. Soll sie die Grenze überschreiten, die Sympathie von politischem Handeln trennt?

S.F.
V.

Nadine Gordimer

Die spätbürgerliche Welt

Roman

Aus dem Englischen von
Stefanie Schaffer-de Vries

S. Fischer

Die englische Originalausgabe erschien 1966 unter dem Titel ›The Late Bourgeois World‹ bei Jonathan Cape, London

Deutsche Ausgabe

Umschlaggestaltung: Buchholz/Hinsch/Walch
Satz: Wagner GmbH, Nördlingen
Druck und Bindung: F. Spiegel Buch GmbH, Ulm
Printed in Germany 1994
ISBN 3-10-027016-9

Es gibt Möglichkeiten für mich, gewiß,
aber unter welchem Stein liegen sie?
Franz Kafka

Der Wahnsinn der Tapferen
ist die Weisheit des Lebens.
Maxim Gorki.

Ich öffnete das Telegramm und sagte: »Er ist tot« –, und als ich in Graham Mills Augen schaute, sah ich, daß er wußte, wer, bevor ich es sagen konnte. Er hatte Max, meinen ersten Mann, einige Male getroffen, und natürlich hatte er alles über ihn gehört, er hatte es mir ermöglicht, ihn im Gefängnis zu besuchen. »Wie ist das passiert?« fragte er mit seiner flachen, professionellen Stimme und streckte die Hand nach dem Telegramm aus, aber ich sagte: »Hat sich das Leben genommen!« – und erst dann gab ich es ihm.

Der Text lautete: MAX ERTRUNKEN IN SEINEM WAGEN IM HAFEN VON KAPSTADT GEFUNDEN. Es kam von dem Freund, bei dem er wahrscheinlich in letzter Zeit gewohnt hatte; ich habe seit mehr als einem Jahr nichts von Max gehört, nicht einmal an Bobos Geburtstag im vorigen Monat hat er gedacht. »Da steht nicht, wann es war«, sagte Graham.

»Es muß gestern abend geschehen sein, oder heute früh.« Meine Stimme klang kalt und zornig; ich konnte es hören. Es machte Graham nervös, er wandte den

Blick ab und nickte langsam. »Sonst hätte es in der Morgenzeitung gestanden. Die letzten Meldungen hab ich allerdings nicht gelesen, glaube ich –«

Die Zeitung lag zwischen dem Kaffeegeschirr auf dem Tisch. Unsere Tassen waren halb geleert, unsere Zigaretten brannten in den Untertassen; samstags muß ich nicht zur Arbeit, und Graham war wie üblich zu einem späten Frühstück zu mir gekommen. Wir teilen uns immer die Zeitung wie ein altes Ehepaar, und die Seite mit der Spalte für die letzten Meldungen lehnte am Honigglas. Ein klebriger Fleck zog sich über den letzten Punktestand eines internationalen Golfturniers; das war alles.

Graham las das Telegramm noch einmal und sagte: »Warum nur, frag ich mich.« Es war kein unvorhersehbares Ende für Max; was Graham wissen wollte, war, welche besonderen Umstände dazu geführt hatten.

Ich fühlte eine ungeheuere Gereiztheit wie kalten Schweiß ausbrechen und antwortete: »Meinetwegen.«

Seit ich zur Tür gegangen war, um das Telegramm entgegenzunehmen, hatte ich mich nicht wieder hingesetzt, sondern stand wie beleidigt herum. Graham ertrug geduldig meine zornige Stimme, doch obwohl er wissen mußte, daß ich gemeint hatte »um mir eins auszuwischen«, las ich in seinem Gesicht zu meinem Erstaunen, daß er offenbar eine Selbstanklage in Erwägung zog, einen Vorwurf, den ich mir, wie er weiß Gott

wissen mußte, nie gemacht hatte. Verdammter Kerl, er verstand mich absichtlich falsch.
Er ist gut in praktischen Dingen, und er war es, der zuerst an Bobo dachte – »Was ist mit dem Jungen? Du willst doch sicher nicht, daß er es heute abend in der Zeitung liest? Soll ich zur Schule fahren und es ihm sagen?« Er sagt immer »der Junge«, wenn er von Bobo redet. Es belustigt mich, weil es so feierlich klingt, so voller Besorgnis um das Heiligtum der Kindheit. Aber ich sagte nein, ich würde selbst hinfahren. »Der Junge« ist schließlich meiner. Vielleicht unbewußt – seien wir fair zu ihm – versucht Graham immer wieder Verantwortung für das Kind zu übernehmen, um seiner Beziehung zu mir eine Art Sicherheit zu geben. Er hat nicht umsonst den Kopf eines Anwalts. Wenn Bobo anfängt, jeden Mann, mit dem ich befreundet bin, als Vater zu betrachten, könnte das peinlich werden, wenn die Freundschaft zu Ende geht.
»Nimm noch ein bißchen Kaffee.« Graham füllte mir Kaffee nach und klopfte auf meinen Stuhl. Aber ich trank im Stehen. Es war, als hätte ich einen Streit gehabt – doch mit wem? – und würde darauf warten, daß das Richtige gesagt wird – aber von wem? »Ich werde heute vormittag fahren. Am Nachmittag muß ich zu meiner Großmutter.« Er weiß, daß ich die alte Dame nicht sehr regelmäßig besuche. »Geh doch morgen hin.« »Nein, kann ich nicht, sie hat heute Geburtstag.« Er verzog den Mund zu einem beiläufigen Lächeln. »Wie alt ist sie denn jetzt?«

»In den Achtzigern.«
Ich kannte den Wortlaut des Telegramms genau, aber ich las es noch einmal durch, bevor ich es zusammenknüllte und auf das Frühstückstablett warf.
Während ich badete und mich anzog, saß Graham an der offenen Tür zu meinem Balkon in der Sonne und las die Zeitung mit der ihr gebührenden Aufmerksamkeit, die sie bei Tisch nie bekommt. Während ich in der Wohnung hin und her ging, fiel mein Blick immer wieder auf ihn, auf die langen Beine in der Whipcordhose mit der an den Knien geknickten Bügelfalte, die Tweedjacke und das saubere alte Seidenhemd, das blasse, furchige Kinn, und hinter der Brille die tiefen Augen eines Mannes, der bis spät in die Nacht arbeitet. Graham hat einen langgezogenen Mund, und die Lippen, deren Umrisse durch eine Veränderung in der Hautbeschaffenheit deutlich gezeichnet sind wie der gerändelte Rand einer Münze, sind von seltsam bläulicher Farbe. Im Licht des Gerichtssaales, in der Aufmachung des plädierenden Anwaltes, besteht sein Gesicht nur aus der dick umrandeten Brille und diesem Mund.
Als ich fertig war, stand er auf, um die Wohnung ebenfalls zu verlassen. »Wirst du rechtzeitig wegkommen von Großmama zu einem Drink bei den Schroeders? Sie fahren morgen nach Europa.«
»Ich glaub nicht.«
»Was ist mit heute abend? Möchtest du irgendwohin essen gehen?«

Ich sagte: »Nein, ich kann nicht ... ich muß zu so 'ner verdammten Dinner-Party. Ich kann nicht.«
Er ist kein Kind, er ist sechsundvierzig, und er griff ohne Groll nach seinen Zigaretten und den Autoschlüsseln. Aber als wir die Wohnung verließen, war ich es, die sagte: »Könntest du etwas für mich tun? Könntest du in einen Blumenladen gehen und der alten Dame ein paar Blumen schicken lassen? Wenn ich von der Schule zurückkomme, haben die Geschäfte schon zu.« Er nickte, ohne zu lächeln, und notierte sich die Adresse in seiner kleinen, schönen Handschrift.

Der Weg zur Schule führt weg von den Hügelketten Johannesburgs und verläuft bald mitten durch Maisfelder und flaches Hochveld. Es war Anfang Winter; es war einer dieser vollkommenen windstillen Morgen, erfüllt von mildem, stetem Sonnenlicht, in dem die wenigen Bäume vor dem blassen Gras schwarz aussehen. Alles, was vom Nachtfrost noch übrig war, war der frische Geruch. Hier und da ein alter Pfefferstrauch, wo früher einmal ein Bauernhaus gewesen sein mußte; Eukalyptusbäume mit zerfetzten Rindenlocken, schlanke Akazien, die Lehmwände einer verlassenen Hütte; ein indischer Laden; neben einem Riß in der Erde eine Weide, deren Blätter schon gelb wurden.
Es war alles genau so, wie es gewesen war. Als ich ein Kind war. Als Max ein Kind war. Es war der Morgen, zu dem ich wieder und wieder erwacht, in den ich wieder und wieder hinausgetreten war; genau der gleiche

Morgen. Ich spürte die Sonne auf den Lidern, während ich fuhr. Wie war es möglich, daß alles immer noch da war, ganz gleich, die Sonne, das blasse Gras, die klare Luft, daß es sich anfühlte, wie es sich angefühlt hatte, als wir noch keine Ahnung von dem hatten, was es bereits in sich trug. Nach allem, was uns geschehen war, wie konnte da dieser Morgen, in dem noch nichts geschehen war, noch existieren? Zeit ist Wandel, wir messen ihr Verstreichen daran, wie sehr die Dinge sich verändern. In dieser spezifischen Breite des Raumes, die zeitlos ist, in der ein Sonnenmeridian mit dem anderen identisch ist, tauschten wir unsere schuldige Unschuld gegen das, was uns zufiel; hätte ich irgendwo anders auf der Welt gelebt, hätte ich niemals erfahren, daß dieser spezifische Morgen – Phänomen der geographischen Lage, des jährlichen Niederschlags und des atmosphärischen Drucks – fortdauert, immer fortdauern wird.

Hier wuchs Max auf, mit dem Blick hinaus aufs Veld. Seine Eltern hatten ihre Farm – ihr Landgut, wie die Immobilienmakler das nennen – am Rand der Stadt. Sein Vater war Abgeordneter im Parlament, und sie gaben immer große Empfänge. Sie züchteten Vorstehhunde und Enten – weil das gut aussah, wie Max sagte. Aber wenn er als Kind, so erzählte er mir, von einsamen Spielen im Veld heimkam, hörte er plötzlich aus der Ferne das Quaken der Enten wie eine ihm unverständliche Konversation.

Das alles war wohl meine Art, über den Tod von Max

nachzudenken, denn die Tatsache, daß er tot war, ja sogar die Art seines Todes war einfach etwas, das mir mitgeteilt worden war. Etwas, zu dem mein jetziges Wesen ruhig sagte: »Natürlich.« Max hatte seinen Wagen ins Wasser gefahren und war damit untergegangen; so wie Max einmal die Kleider seines Vaters verbrannt hatte, und, ja, so wie Max vor drei Jahren versucht hatte, ein Postamt in die Luft zu sprengen. Diesmal hatte ich nicht zugesehen, das ist alles. Wird dieses kindische Spiel zwischen mir und Max denn niemals aufhören? *Das* war es, was mich kalt machte vor Zorn, als das Telegramm kam; das Gefühl, daß er über die Schulter seines Todes schaute, um zu sehen ... ob ich zusah?

Vielleicht schmeichelte ich mir (klägliche Schmeichelei, Balsam, der brannte wie Eis), und es gab inzwischen jemand anderen, in dessen Augen er sich sah – Freund, Frau –, es spielte keine Rolle. Aber ich wußte, als ich das Telegramm las, daß es *für mich* war. Die abgenutzten Phrasen menschlichen Versagens, »alles vorbei«, »alles zerstört«, haben zwischen Max und mir eine neue Dimension von Wörtlichkeit angenommen, wir haben wirklich jede Möglichkeit, die Zuneigung am Leben erhalten kann, ganz und gar ausgeschöpft, so lange bis keine Art von Kommunikation mehr möglich war und jedes Wort nur noch unbeherrscht wie eine Faust durch die Luft zischte. Und was das »zerstört« anlangt – die Bilderfolge, in der ich – wir – uns zusammen gesehen hatten, war zu Kristallstaub zersplittert – wie die Glasscherben, die von einem Zusammenstoß auf der Straße herumlagen und denen ich in großem Bogen auswich. Aber Max stieß noch mit einem letzten Fußtritt den Knopf aus dem Wrack, mit dem man die Identität der Toten feststellen konnte.

Der Zorn verließ mich, schmolz. Ich fahre immer gerne allein mit dem Auto, es bringt etwas von der Unabhängigkeit der Kindheit zurück, und außerdem gab es mir die ungewohnte Freiheit einer Unterbrechung der Routine. Max war tot; ich empfand nichts bei der Tatsache selbst, außer daß ich sie glaubte. Und trotzdem trennte sie den Morgen, bevor ich das Telegramm gelesen hatte, von dem Morgen danach, und die Trennung brachte mir Freiheit. Natürlich kann ich samstags vormittags tun, was ich will, aber es ist Wochen her, daß ich etwas anderes getan habe, als mit Graham zu frühstücken, mir die Haare zu waschen und vielleicht eines der Einkaufszentren am Stadtrand aufzusuchen. Selbst eine (in jedem Sinn des Wortes) so außergewöhnliche Beziehung wie diese Geschichte zwischen Graham und mir hat so etwas wie ein Schema angenommen; wir fahren miteinander in Urlaub, aber zu Hause schlafen wir nicht oft miteinander – und trotzdem ist diese Zwanglosigkeit selbst zu einem »Arrangement« geworden, und sogar meine Abende in Bars und Clubs mit Leuten, von denen er nie gehört hat, gehören zur Gewohnheit.

Es ist auch selten, daß ich an einem Samstag die Gelegenheit habe, Bobo zu sehen; er bekommt nur an zwei

Sonntagen im Monat frei, und die Schule sieht Besuche der Eltern in der Zwischenzeit nicht gern. Mir fiel ein, daß ich nichts für ihn hatte. Vielleicht durfte er mit mir fort, dann könnte ich mit ihm ins Country Hotel gleich in der Nähe der Schule gehen und ihn zu Tee und *cream scones* einladen. Aber im Grunde bin ich es, die diese Geschenke nötig hat, nicht er. Ich sehe es seinem Gesicht an, wenn ich erwartungsvoll meine Tüten mit Äpfeln und Süßigkeiten vor ihm ausbreite. Ich weiß, daß ich auf diese Art gutzumachen versuche, daß ich ihn dorthin geschickt habe – in diese Schule. Aber ich mußte es tun. Ich muß meine Gründe kaschieren, indem ich die Leute in dem Glauben lasse, daß ich ihn aus dem Weg haben wollte. Denn die Wahrheit ist, daß ich Bobo am liebsten auf Schritt und Tritt bei mir hätte. Ich wäre imstande, ihn an meinen Bauch geklammert mit mir herumzuschleppen wie ein Pavianweibchen sein Junges und ihn nie wieder loszulassen.

Ich kann ihm nicht das Leben mit den unentbehrlichen Einheiten Mutter, Vater und Familie bieten, wie es nach allem, was man mich gelehrt hatte, meine heilige Pflicht gewesen wäre für jedes Kind, das ich »in die Welt setzen« mochte. Ich bin nicht einmal sicher, daß es genug wäre, wenn ich es könnte. Ich hatte so ein Leben, Max hatte es, und trotzdem hat es uns anscheinend nicht das gegeben, was wir gebraucht hätten. O ja, ich weiß, es ist leicht, die Eltern für die eigenen Probleme verantwortlich zu machen, und wir gehören zu der Generation, die ihre Lasten bei Freud ablädt, so wie unsere Eltern dazu angehalten wurden, die ihren bei Jesus abzuladen. Aber ich glaube nicht, daß der Kodex einwandfreies Familienleben, Freundlichkeit gegenüber Hunden und Nachbarn und kleine Geschenke für dankbare Dienstboten uns viel mehr gebracht hat als Ratlosigkeit. Was ist mit all den Fremden, für die dieser Kodex nicht gesorgt hatte, den Menschen, die sich nicht als unsere Dienstboten fühlten und keinen Grund hatten, dafür dankbar zu sein, daß sie mit kleinen Geschenken abgespeist wurden, was ist mit den Menschen, die keine Nachbarn waren und uns mit ihren Verletzungen und ihrem Hunger bedrängten, die durch Freundlichkeit nicht gestillt werden konnten? Ich weiß nicht, was von Bobo verlangt werden wird, wenn er erwachsen ist, aber ich weiß, daß er ziemlich hilflos wäre, würde er in den Verhältnissen aufwachsen, auf die ein Kind, wie man mir sagte, ein Anrecht hat. Ich kann nur alles versuchen, um dafür zu sorgen, daß er seine Sicherheit anderswo sucht als in den weißen Vorstädten.

Er wurde nicht dort gemacht, Gott sei Dank. Es war in einem Auto – dem Ort, der in den weißen Vorstädten für den Sex reserviert ist. Aber wenigstens war es draußen im Veld. Eines der Millionen Kinder auf der ganzen Welt, die in Autos, Plantagen, Parks oder in den Gassen gezeugt werden. Weil die Vorstadtbewohner, während sie in ihren Wohnzimmern zwischen Blumen und Karaffen romantischen Quatsch über die »jungen Leute« reden, den Sex, das deren Jugend wesensgemäße Bedürfnis, ignorieren. Es gibt Schlafzimmer, Arbeitszimmer, Hausbibliotheken, Veranden; aber keinen Platz für das. Ich sagte zu Max: »Du hast es vergessen.« Er zuckte mürrisch die Achseln, als hätte er nie etwas versprochen. Aber ich wußte, daß es genauso »mein Fehler« war wie seiner. Dann sagte er, ohne jeden Bezug zu den Umständen, wie er das oft tat: »Ich hätte gern ein Kind. Ich hätte gern ein Kind, das mir überallhin nachläuft, ein Kind, das ist doch was anderes als ein Hund. Ein Kind ruft die ganze Zeit: ›Schau!‹, und du siehst wirkliche Dinge, die Farben der Steine oder Holzstecken.« Das letzte Mal, daß er Bobo gesehen hatte, lag länger als ein Jahr zurück. Mir war aufgefallen, daß er ihn lieber mochte als früher, als er noch klein war und ständig schrie; ich freute mich, daß er mit ihm herumalbern konnte, ohne daran zu denken, wie er immer zurückgeschrien hatte, bis der offene Mund des Kindes vor Angst stumm wurde und ich es wegnehmen und in den Straßen herumtragen mußte.

Kurz bevor ich die Schule erreichte, kam ich an einem dieser Lastwagen vorbei, die am Straßenrand Obst verkaufen, und ein Schwarzer sprang von einem kleinen Feuer auf, das er sich gemacht hatte, und stolzierte mit einer auf einen Stock gespießten Orange auf die Straße. Ich kaufte eine Tüte Nartjies für Bobo.

Die Schule liegt in einer sehr großen Anlage mit einem kleinen Stausee und einem Eukalyptuswäldchen – das war einer der Gründe, weshalb ich sie gewählt hatte: damit er etwas hatte, wovon er sich zumindest einreden konnte, daß es ein Stück Natur sei, wohin er sich von den Sportplätzen und Schulkorridoren flüchten konnte. Es ist schwer, sich daran zu erinnern, wie es war, ein Kind zu sein, aber soviel weiß ich: daß es wichtig war, einen solchen Ort zu haben. Die Gebäude (und die Torpfosten mit dem schmiedeeisernen Bogen, der das Schulwappen und den in keltischen Lettern geschriebenen Namen der Schule trägt) sind aus gelben Ziegeln, die sich wie Blindenschrift aus dem Boden erheben und in kreuzförmigen Komplexen über das ganze Gelände verteilen. Der Anblick der Schule versetzt mich immer in eine gedrückte und eingeschüchterte Stimmung; sobald ich durch das Tor trete, gehe ich im Geist auf Zehenspitzen. Immer sieht man Schwarze in sauberen Overalls, die fleißig damit beschäftigt sind, die Hecken in scharfem rechtem Winkel zu schneiden und um die symmetrisch angelegten Beete und gestutzten Büsche herum die Erde umzugraben, diesmal harkten sie Laub zusammen. Blechschilder in Form einer Hand mit ausgestrecktem Zeigefinger tragen die Aufschriften »Besucherparkplatz«, »Lehrkörper« und »Büro«, gemalt in der keltischen Schrift der Direktorengattin. Die ganze Kurve der Auffahrt zum Hauptgebäude war leer, aber in meiner Beflissenheit, nur ja das Richtige zu tun, die mich hier immer befällt, stellte ich den Wagen auf dem »Besucherparkplatz« ab. Es war etwa elf, und aus den Innenhöfen und von den Sportplätzen hinter den Gebäuden kam das Geschrei der Jungen, die gerade Pause hatten.

Ich weiß, daß meine Sichtweise lächerlich subjektiv ist, aber wie sehr dieser Ort doch einem Gefängnis glich! Hinter den sauberen, häßlichen Ziegelsteinen dieser gewaltige Schrei von Leben, der da aufstieg und in dem sonnendurchfluteten Vakuum verhallte. Ich ging die glänzenden Treppen hoch und ließ den schweren Türklopfer gegen die große, mit Politur eingeriebene Tür fallen.

Der junge Mann, der sie öffnete, mußte ein neuer Lehrer sein. Er hatte ein breites Kinn, ein freundliches Gesicht und die großen, leicht zitternden Hände des jungen Mannes, kräftig und hilflos zugleich, der das Stadium intensiven Verlangens nach Frauen durchmacht, ohne zu wissen, wie er sich einer nähern soll. Er trug eine schäbige Hose mit modisch engen Beinen und eine Strickkrawatte und war offensichtlich einer von diesen Oxford- oder Cambridge-Absolventen, die sich durch Afrika arbeiten und von denen man erwartet, daß sie einen gesunden frischen Wind von Modernität in den Lehrplan bringen. (Bobo hat mir von einem erzählt, der Gitarre spielte und den Jungen amerikanische Folksongs gegen die Atombombe und die Rassentrennung beibrachte.)

Der Direktor war beim Tee im Konferenzzimmer, aber der junge Mann führte mich in sein Büro und bot mir einen Platz an, während er ihn holen ging. Ich bin schon mehrmals in diesem Büro gewesen; feindselig sauber, behängt mit Bildern von Sportmannschaften mit verschränkten Armen, ein brauner Teppich auf dem glänzend braunen Plastikboden als Standardzugeständnis an den Komfort, wie man ihn in den Büros von Administratoren öffentlicher Institutionen findet. Es gab sogar eine gerahmte Karikatur des Direktors, aus der Schulzeitung ausgeschnitten; alle sagten, was für ein »umgänglicher«, »menschlicher« Mann er doch sei.

Er sagte, es sei nett, mich zu sehen – als könnte man nach Lust und Laune in der Schule vorbeikommen und keiner würde einem dringend davon abraten, außerhalb der festgelegten Besuchstage zu erscheinen. Und obwohl er wissen mußte, daß ich etwas Wichtiges zu sagen hatte, ließ seine Stimme, die klang, als hätte er eine Wäscheklammer auf der Nase, flink eine Reihe von Höflichkeiten vom Stapel, die uns beide nur aufhielten. Aber sicher graut es dem armen Teufel vor Elternproblemen, und das ist nur ein unbewußtes Mittel, elterliche Klagen hinauszuschieben. Ich sagte ihm, daß Bobos Vater gestorben war und wie. Er war verständnisvoll und vernünftig, dem Handbuch für passendes Benehmen in solchen Fällen entsprechend, aber seinem Gesicht mit dem glasigen Blick gekünstelter Aufmerksamkeit war deutlich anzusehen, wie fern er Menschen wie uns stand. Er kannte Bobos familiären Hintergrund mit allen näheren Umständen; Scheidung, politische Haft, und jetzt das. Er wußte alles darüber, so wie er als großzügiger Mensch und guter Christ wahrscheinlich in den Zeitungen die Auseinandersetzungen der Kirche mit dem Thema Homosexualität oder Abtreibung verfolgte. Er und Mrs. Jellings, die an der Schule Kunstgeschichte unterrichtet, mußten seit mindestens fünfundzwanzig Jahren verheiratet sein, und als im Vorjahr ihre Tochter heiratete, wurde eine Ehrengarde von Oberstufenschülern zur Trauungszeremonie beordert.

Er stand auf, öffnete die Tür und hielt einen Jungen an, der im Korridor vorüberging. »Braithwaite! Schick Bruce Van Den Sandt her, ja? Kennst du ihn? Er ist in der vierten.« »Ja, Sir, ich kenne Van Den Sandt, Sir. Ich glaub, er hat Bibliotheksdienst.« Und er schlitterte auf eine Art davon, die automatisch eine flüchtige Furche zwischen den Brauen des Direktors hervorrief.

Bruce Van Den Sandt. Ich höre den Namen kaum je ausgesprochen. Das ist der andere Bobo, den ich nie kennen werde. Trotzdem höre ich es immer gern; ein eigener Mensch, vollständig, durch diesen Namen vergegenwärtigt. Es war Max' Name; Max war tot, aber wie ein Kennwort, das weitergegeben wird, klang sein Name durch den Schulkorridor.

»Kommen Sie hier herein«, sagte der Direktor. »Sie werden sicher allein mit ihm reden wollen; das ist am besten.« Und er öffnete eine Tür mit der Aufschrift »Besuchszimmer«, die ich gesehen hatte, durch die ich aber nie zuvor gegangen war. Feige hatte ich den Augenblick verpaßt, um zu sagen: »Ich würde gerne mit ihm wegfahren und unterwegs mit ihm reden.« Warum bin ich so idiotisch schüchtern gegenüber Menschen, deren Begrenztheit ich zugleich kritisiere?

Ich saß in diesem geschlossenen Sprechzimmer, zu dessen Zweck ich nun Zutritt erhalten hatte, und wartete eine ganze Weile, bevor die Tür aufflog und er die Öffnung füllte – Bobo. Er hatte die glühenden Ohren und geblähten Nasenlöcher eines Jungen, den man mitten aus dem Spiel geholt hat, die Hände fangbereit, die Kleider verrutscht, das Lächeln ein atemloses Grinsen. Seine hochgespannte Energie hätte wie eine bestimmte Tonhöhe in der Musik geräuschlos die leere Vase und das Glas über den Stichen von Kap-Ansichten zerschmettern können.

»Ma? Keiner hat mir gesagt, daß du kommst!«

Er umarmte mich, und wie immer kicherten wir vor Freude darüber, zusammenzusein, noch dazu auf so verstohlene Weise.

»Wie bist du reingekommen?«

Ich hatte nicht darüber nachgedacht, was ich Bobo sagen würde, und jetzt war es zu spät. Ich griff nach seiner Hand und schüttelte sie ein- oder zweimal fest, um uns zur Ordnung zu rufen, und sagte: »Wir müssen reden, Bo. Es geht um Max, deinen Vater.«

Sofort sah er mich an, als hätte er mich bei etwas ertappt, als wäre er der Erwachsene und ich das Kind. Er verstand, daß ich Max nie anders nannte als ›Max‹. Er war noch klein gewesen, als Max vor Gericht gestellt wurde und ins Gefängnis kam, aber seit er älter geworden ist, habe ich ihm alles darüber erzählt. Er nickte mit einer seltsamen Akzeptanz. Er weiß, daß es immer Schwierigkeiten geben kann.

Wir setzten uns nebeneinander auf das schreckliche kleine Sofa, wie ein Pärchen auf einem viktorianischen Bild, das sich zu einer Liebeserklärung anschickt. Er zog an seinen hinuntergerutschten Socken – »Zieh die Socken rauf, deine Mutter ist da, hat Jelly gesagt.«

»Er ist tot, Bobo. Ich hab heute früh ein Telegramm bekommen. Es wird in den Zeitungen stehen, also muß ich es dir sagen – er hat sich umgebracht.«

»Du meinst, er hat Selbstmord begangen?« sagte Bobo.

Verblüffung glättete und weitete sein Gesicht, die Röte wich daraus bis auf zwei ausgefranste Flecken auf den unteren Wangenhälften, die aussahen wie Kratzer von einem Tier. Was ihn in diesem Augenblick überkam, mußte wohl die Wirklichkeit all der Dinge sein, von denen er las und die anderen Leuten widerfuhren: das X auf dem Trottoir, das die Stelle bezeichnet, wo der Körper zu Boden stürzte, der Pfeil, der auf die verwischte Figur auf dem Brückengeländer weist.

Ich sagte: »Ja«, und um alles ein für alle Mal auszulöschen, einzugrenzen: »Er muß den Wagen ins Meer gefahren haben. Er hat nie Angst vor dem Meer gehabt, er war darin zu Hause.«

Er nickte, aber seine weit geöffneten Augen waren immer noch auf mich gerichtet, die Brauen über dem vorspringenden Wulst der Augenhöhle zu Schnörkeln verzogen. Womit sah er sich konfrontiert? Mit der Tatsache seines eigenen Todes? Des meinen? Bobo und ich brauchten uns nicht vorzumachen, daß wir auf persönliche Weise um Max trauerten. Wenn man keinen Vater gehabt hat, kann man ihn dann verlieren? Bobo kannte ihn kaum; und auch wenn ich ihm nicht alles erklärt hatte, nicht alles erklären konnte, wußte er doch, daß Max für mich schon vor langer Zeit zu existieren aufgehört hatte.

Bobo sagte: »Irgendwie kann ich sein Gesicht nicht sehen.«

»Aber es ist noch gar nicht so lange her, daß du ihn gesehen hast. Achtzehn Monate, nicht mehr.«

»Ich weiß, aber ich konnte mich damals kaum erinnern, wie er überhaupt aussah, und ich hab ihn die ganze Zeit angeschaut, wie man einen Fremden anschaut. Und hinterher kann man sich dann nicht mehr an das Gesicht erinnern.«

»Aber du hast doch ein Foto.« Auf seinem Nachtschrank stand der zusammenklappbare lederne Bilderrahmen mit Mutter auf der einen und Vater auf der anderen Seite, genau wie bei allen anderen Jungen.

»Ja, schon.« Offenbar gab es weiter nichts zu sagen; zumindest nicht gleich und nicht in diesem Raum.

»Ich hab dir ein paar Nartjies mitgebracht. Ich hab vergessen, in der Stadt etwas zu besorgen.«

Abwesend und mit der gespielten Freude, die seine Art zärtlicher Höflichkeit ist, sagte er »Mmm ... danke. Aber gib sie mir später ... erst wenn du gehst, damit ich sie dann gleich in meinen Schreibtisch stecken kann, bevor jemand sie sieht.«

Dann sagte er: »Gehn wir doch ein bißchen raus«, und als ich fragte: »Aber dürfen wir das denn? Ich wollte Mr. Jellings fragen –« »Also weißt du, Mummy, wie kann man nur so ängstlich sein? Ich weiß wirklich nicht, wie du in dem Laden hier zurechtkommen würdest!« Als wir die Tür zum Besuchsraum hinter uns schlossen, sagte ich: »Wir sind noch nie vorher da drinnen gewesen.« »Es ist eigentlich für Eltern, die von auswärts kommen, obwohl ich nicht weiß, wozu. Man riecht doch an dem Mief, daß da nie einer reingeht.« Ich lächelte über seinen Jargon. Bobo hat alles gemeistert; dieser Ort hat keine Schrecken für ihn.

Wir blieben in dem französisch angelegten, verlassenen Vorgarten, abseits von den anderen Jungen. Wir spazierten auf und ab, redeten über Belangloses wie Menschen in den Parkanlagen von Krankenhäusern, die erleichtert sind, den Patienten eine Weile hinter sich gelassen zu haben. Bo sagte, daß er mir geschrieben und um ein Paar neue Fußballschuhe gebeten habe und ob er am nächsten Sonntag Lopert mit nach Hause bringen dürfe. Ich hatte von der Schule ein Rundschreiben über Boxstunden bekommen und wollte wissen, ob Bo daran interessiert sei. Dann setzten wir uns ins Auto, und er sagte neckend: »Warum parkst du nicht gleich in der Stadt und kommst zu Fuß, Ma?«

Wie die meisten Jungen hat Bobo ein dem Ortssinn verwandtes Gefühl für Autos, und wenn er einsteigt, ist es fast, als wäre er zu Hause, in der Wohnung. Er wühlt in dem alten Papierkram herum, der sich auf der Ab-

lage neben dem Armaturenbrett sammelt, und stöbert im Handschuhfach nach Pfefferminzbonbons und Fahrkarten. Oft werden mir Erklärungen abverlangt.
Er saß neben mir, spielte an einem losen Knopf herum und sagte, während er wahrscheinlich irgendwo im Hinterkopf daran dachte, daß er ihn eines Tages festmachen müßte: »Er wird wohl keine Schmerzen gehabt haben oder so.«
»Nein nein«, sagte ich. »Da brauchst du dir keine Sorgen zu machen.« Sein Leben lang ist ihm vor Augen geführt worden, daß Leiden erkannt und gelindert werden muß; daß es darüber nicht den geringsten Zweifel gibt, wurde ihm bewußt gemacht, seit das erste Kätzchen überfahren wurde und er den ersten Bettler am Straßenrand seine Wunden zeigen sah.
»Wenn ich mir das so vorstelle.« Er hielt den Kopf gesenkt; jetzt drehte er ihn in meine Richtung, ohne ihn zu heben, und ich wußte ganz genau, daß seine Frage in Wirklichkeit dem unbekannten Territorium des Erwachsenenlebens galt, in dem ein Mensch sich aus freiem Willen zum Sterben entschloß. Aber ich war dem nicht gewachsen. Er schon. »Es tut mir leid, daß ich ihn nicht geliebt hab«, platzte er heraus.
Ich sah ihn an, ohne Entschuldigungen. Das einzige, was ich zu Gott hoffe, ist, daß ich ihn nie mit Entschuldigungen abspeisen werde.
Ich sagte: »Es kann sein, daß es zu Gerede unter den Jungs kommt – aber du weißt, daß er das Richtige ge-

wollt hat, auch wenn er es vielleicht auf die falsche Weise getan hat. Was er versucht hat, hat nicht funktioniert, aber zumindest hat er nicht einfach nur gegessen und geschlafen und sich auf die Schultern geklopft. Er hat sich nicht damit zufriedengegeben, schlechte Sachen so zu lassen, wie sie sind. Auch wenn er gescheitert ist, das ist immer noch besser, als wenn man's gar nicht versucht. Manche Jungs« – ich war drauf und dran zu sagen, manche »Väter«, aber ich wollte nicht, daß er anfing, auf alle Sprößlinge aus Börsenmaklerhäusern loszugehen –, »manche Menschen leben erfolgreich in der Welt, wie sie ist, aber sie haben nicht einmal den Mut, bei dem Versuch, sie zu ändern, zu scheitern.«

Er machte ein zufriedenes Gesicht. Er ist ja schließlich doch nur ein kleiner Junge; mit einem heiseren Seufzer sagte er: »Die Politik hat uns 'ne Menge Scherereien gemacht, was?«

»Na ja, eigentlich können wir das nicht gut der Politik in die Schuhe schieben. Ich mein, Max hat viel gelitten für seine politischen Ansichten, aber ich glaub nicht, daß das – was er jetzt getan hat – ein *direktes* Ergebnis von etwas Politischem ist. Ich mein – Max war in einem Schlamassel, er konnte irgendwie nicht umgehen mit dem, was ihm passierte, hauptsächlich schon wegen seiner politischen Aktionen, ja, aber auch weil ... weil er im allgemeinen den Anforderungen nicht gewachsen war, die er ... auf sich nahm.« Lahm fügte ich hinzu: »Das ist so, wie wenn du unbedingt im ersten

Team spielen willst, aber nur für das dritte gut genug – stark genug bist.«
Während er dem folgte, was ich sagte, bewegte sich sein Kopf leicht in dieser von der Erwachsenenwelt ausgehenden Strömung, wie ich es manchmal an Pflanzen beobachtet habe, die sich in einem Windhauch bewegten, den ich nicht spüren konnte.
Letztlich bleibt ihm nichts anderes übrig, als auf Treu und Glauben hinzunehmen, was ihm gesagt wird; das einzige, was er entscheiden kann, ist, *wem* er glaubt. Und er hat sich für mich entschieden. Manchmal fühle ich mich unbehaglich, wenn ich erlebe, wie skeptisch er berichtet, was andere ihm gesagt haben. Aber mit der Pubertät wird sich das sicher ändern, wenn ich glauben soll, was man *mir* über die »gesunde Entwicklung« junger Menschen erzählt hat. Er wird mich vom Podest stürzen. Aber wie? Natürlich würde ich das gerne auf geschickte Weise herausfinden, damit ich mich im voraus verteidigen kann, aber eine Generation kann niemals die Waffen der nächsten kennen. Er griff nach meiner Hand und gab mir einen raschen Kuß auf den Handrücken in der Nähe des Daumens, wie er es manchmal, ohne einen mir bekannten Grund, plötzlich getan hatte, als er noch klein war. Es mußte fünf Jahre her sein, daß er damit aufgehört hatte, entweder weil es ihn verlegen machte, oder weil er es nicht mehr brauchte. Aber es war weit und breit niemand zu sehen auf dem leeren Parkplatz. »Was hast du heute vor?« fragte er. »Kommt Graham zu dir?«

»Ich glaub nicht. Ich hab ihn heute früh gesehen, er war zum Frühstück da.«
»Wahrscheinlich wird Jellings in der Abendandacht was über Max sagen. Das machen die immer, wenn ein Verwandter stirbt.«
So würde es also einen Gottesdienst für Max' Seele in der Schulkapelle geben. Es würde der einzige sein. Es war nicht anzunehmen, daß sie für ihn beten würden, die Leute, mit denen er gearbeitet hatte, die er verraten hatte. Max war niemandes Held; und trotzdem, wer weiß? Als er seine armselige kleine Bombe bastelte, wollte er damit helfen, die Schwarzen zu befreien; und als er Kronzeuge wurde, könnte das für die Weißen Grund genug gewesen sein, ihn als ihren Mann zu reklamieren, nehme ich an. Vielleicht war er genau die Art Held, die wir verdienen.
Ich habe bemerkt, daß Bobo es immer spürt, wenn ich ans Gehen denke. Er sagte: »Kann ich den Wagen für dich wenden?«, und ich wagte nicht, darauf hinzuweisen, daß er in Schwierigkeiten kommen könnte, wenn jemand ihn sah, sondern rutschte gehorsam auf den Beifahrersitz, während er ausstieg und um das Auto herum zur Fahrerseite kam. Er drehte eine Runde um den Parkplatz, und dann sagte ich: »Genug jetzt. Raus mit dir.« Er lachte, schnitt ein Gesicht und zog die Handbremse an. »Dann also bis Sonntag in einer Woche. Und du bringst diesen Dingsda mit – wie heißt er –?«
»Lopert.«

»Ich glaub nicht, daß ich ihn kenne, oder? Was ist mit Weldon, will er nicht auch kommen?« Weldon ist einer der Jungen, die zu weit weg wohnen, um an den freien Sonntagen heimzufahren; das ganze letzte Trimester hatte Bobo ihn mit nach Hause gebracht.

»Ich glaub, er wird mit den Pargiters fahren.«

»Habt ihr zwei gestritten, oder was?«

»Nein, ja, er redet immer von ›*munts*‹ und so – und wenn wir nach dem Fußball schwitzen, sagt er, wir stinken wie die Kaffer. Und wenn ich sauer werd, dann glaubt er, ich bin beleidigt, weil er sagt, *ich* wär wie 'n Kaffer – er kapiert nicht, daß es das nicht ist; was ich nicht ausstehen kann, ist, daß er *sie* Kaffer nennt und daß er so daherredet, als wären sie die einzigen, die je stinken. Aber er lacht nur und ist nett und alles ... er kapiert's einfach nicht. Für ihn ist nichts Schlimmes dabei. Sie sind fast alle so. Man beginnt sie zu mögen und findet sie schwer in Ordnung, und dann sagen sie solche Sachen. Und dann kann man nur den Mund halten.« Er betrachtete mich mit gerunzelter Stirn und einem Ausdruck stoischer Verzweiflung, auf eine Antwort wartend, aber schon wissend, daß es keine gab. »Manchmal wünsch ich mir, wir wären wie andere Leute«, sagte er.

»Was für Leute?« fragte ich.

»Denen es gleich ist.«

»Ja, ich weiß.« Die bloßen Schulmauern blickten auf uns herab, als wir uns mit dem zwischen Müttern und Söhnen allseits gebilligten Kuß auf die Wange verabschiedeten. »Dann also bis nächsten Sonntag.«

»Komm nicht zu spät. Vergiß nicht wieder aufzustehen.«

»Nie-mals! – Die Nartjies!« Er drehte sich um, und ich warf ihm die Papiertüte durchs Fenster zu. Dann sah ich ihm nach, wie er mit der Wölbung unter dem zugeknöpften Blazer die Zufahrt hinauflief, die Füße flogen, und die Haare standen ihm in einem Wirbel vom Kopf. Ich verspürte, wie schon des öfteren, ein unvernünftiges Gefühl zuversichtlichen Vertrauens in Bobo. Er ist in Ordnung. Es wird ihm nichts passieren.

Trotz allem.

Aus weiter Entfernung von der samstäglichen Stadt tönte es mir wie das Brausen einer ans Ohr gepreßten Riesenmuschel entgegen. Ich hatte geistesabwesend eine falsche Abzweigung auf dem Rückweg genommen und näherte mich der Stadt auf einer Strecke, die durch eines der neuen Industriegebiete führte, die das Land reich machen – oder besser gesagt, reicher. Raupenfahrzeuge waren wie Skulpturen in den Parkanlagen der Fabrik aufgestellt, die sie erzeugte. Mehr als eine Meile fuhr ich hinter einem riesigen Laster mit Kohlensäcken und dem üblichen Trupp von Trägern her, die der glänzende Kohlenstaub noch schwärzer machte. Mit gespreizten Beinen gegen die Fahrgeschwindigkeit gestemmt, standen sie um eine lodernde Kohlenpfanne herum. Sie sehen immer wie eine fröhliche Szene aus der Hölle aus, und die Nähe des Benzintanks scheint sie nicht im mindesten zu beunruhigen. Als ich den Stadtrand erreichte, hatte ich einen anderen Laster vor mir, beladen mit sorgsam verpackten »Stilmöbeln«, an denen sich schwarze Männer mit gefährlicher Sorglosigkeit festhielten. Auch sie waren keine Spur beunruhigt. Es war ein junger Bursche dabei, der sich seine Golfkappe tief über die Augen gezogen hatte und sich mit einer Hand festhielt, während er mit der anderen obszöne Gesten machte, sobald ein schwarzes Mädchen in Sicht kam. Die Mädchen lachten oder ignorierten ihn; niemand schien empört zu sein. Als er jedoch mein Lächeln bemerkte, blickte er durch mich hindurch, als wäre ich nicht vorhanden.

Im Einkaufszentrum am Stadtrand hielt ich an, um Zigaretten und eine Kleinigkeit im Feinkostladen zu kaufen. Ich trank einen Kaffee in einem Lokal mit Tischen auf dem Trottoir, zwischen Kübeln mit halberfrorenen tropischen Pflanzen. Es war kurz vor Ladenschluß, und das Café war voll von jungen Frauen in teuren Hosen und Stiefeln, älteren Frauen in eleganten Kostümen und Pelzen, frisch von der Aufbewahrung, Männern in der strapazierfähigen Freizeitkleidung von Firmendirektoren und lästigen Kindern, die mit der Zunge ihr Eis formten. Eine Frau, mit der ich am Tisch saß, sagte: »... Ich habe eine kleine Liste gemacht ... er hat zum Beispiel kein silbernes Zigarettenetui ... und ich meine, wenn er abends ausgeht, zu Gesellschaften, dann braucht er doch wirklich eins.«

Und wenn er auf den Grund des Meeres geht? Braucht er da auch ein silbernes Zigarettenetui?

Sie war genau wie Max' Mutter, so rosa und weiß wie gute Diät und Kosmetik es nur ermöglichen, die feinen

Fältchen um die hübschen blauen Augen zeigten, daß sie lachen konnte, die Hände mit den rosa Fingernägeln bewegten sich selbstbewußt. Sie hatte sogar den spitzen Haaransatz von Mrs. Van Den Sandt, der sich auf dem großen Pastell über dem Kamin in dem gelben Wohnzimmer so gut machte. Wie sie mich beeindruckt hatte, damals, als ich siebzehn war und Max mich zum ersten Mal auf die Farm mitnahm. Sie war so charmant, und ich hatte nicht gewußt, daß man sich das Alltagsleben so hübsch und angenehm machen konnte. Die Schränke dufteten, und in den Badezimmern gab es flauschige Teppiche und große Flakons mit Öl und Cologne zum freien Gebrauch für jedermann. (»Ja«, sagte Max, »meine Mutter hüllt alles in Zierdeckchen; die Klobrille, ihren Verstand –«) Man konnte sich die Kleider bügeln lassen, zu jeder beliebigen Zeit um ein Glas frisch gepreßten Orangensaft oder Tee oder Kaffee klingeln. Es gab Diener in gestärktem Weiß mit roten Schärpen, mit denen Mrs. Van Den Sandt Xhosa sprach, und einen farbigen Koch vom Kap, mit dem Mrs. Van Den Sandt Afrikaans sprach und die ganzen verniedlichenden Diminutiva und höflichen Wendungen des Kap-Patois benutzte. »Ich kenne diese Menschen, als wär ich eine der ihren«, sagte sie, wenn Gäste sie um ihre hervorragenden Diener beneideten. »Ich bin mit ihnen aufgewachsen. Ich kann mich noch erinnern, wie die Eingeborenen von meilenweit herkamen, um meine Mutter zu besuchen. Es gab einen alten Mann, der angeblich einmal Häuptling der Sandile war, Oberhaupt der Gaika, er kam regelmäßig einmal im Monat. Er saß unter dem Ysterhout-Baum, und meine Mutter brachte ihm eigenhändig eine Schale Kaffee. Ich seh es noch vor mir.«

Sie stammte aus einer alten holländischen Familie vom Kap, die sich durch Heirat mit Englischsprachigen vermischt und sich durch mehrere südafrikanische Botschaften in Europa gedient hatte. Obwohl ihre rasche, leichte Sprache von den *»darlings«* der schicken englischen Damen ihrer Generation durchsetzt war, hatte sie sich hie und da einen Hauch von der Intonation des Afrikaans bewahrt, so wie eine französische Diseuse, die seit Jahren in England auftritt, sorgsam darauf bedacht ist, den reizenden kleinen Unterschied ihres Akzents nicht ganz zu verlieren. Die Leute fanden es auch bezaubernd, wenn sie mit naivem, neckischem Stolz ihre aristokratisch-englische Erscheinung – die Sweater und die Perlen – Lügen strafte und resolut und einfach sagte: »Ich bin ein Burenmädchen, wissen Sie. Ich muß ab und zu raus und mir die Füße im Mais schmutzig machen.« Max' Vater stammte – trotz des flämischen Namens – aus einer englischen Familie, die nach Südafrika ausgewandert war, als die Goldminen erschlossen wurden. Er war ein kleiner Mann mit einem großen roten Gesicht, das glänzte, als hätte er es nach dem Waschen nicht getrocknet, steifem Haar, das, flach zurückgekämmt, wie aus einem Stück am Kopf klebte, und einem Grübchen im Kinn. Er hatte die Gabe, besonders freundlich im Umgang mit Leuten zu sein, die er nicht mochte oder fürchtete, und konnte, die kurzen Arme steif um die Schultern eines politischen Rivalen zu seiner Linken und seiner Rechten gelegt, aus voller Brust über eine Anekdote lachen, die er soeben erzählt hatte.

Sogar jenes erste Mal, als ich in dieses Haus kam, waren Leute dort. Es gab dort immer Gesellschaften oder Bridgeabende – weniger für Freunde als für Leute, die unterhalten werden mußten – oder Besprechungen, die damit endeten, daß Jonas und Alfred mit ihren roten Schärpen Drinks und Snacks durch den Zigarrenrauch trugen. Später, als ich ein ständiger Gast im Haus wurde, ließ Mrs. Van Den Sandt sich regelmäßig von der plaudernden, trinkenden, essenden Gesellschaft zu uns herab: »Die Kinder, die Kinder! Kommt und eßt doch was!« Aber kaum hatten wir uns einen Weg zwischen den schwarzen Hinterteilen und den Wänsten in Nadelstreifen gebahnt und waren hie und da einigen Leuten vorgestellt worden: »Sie kennen doch meinen Sohn Max? Und das ist die kleine Elizabeth – iß doch was, Schätzchen, Max, du kümmerst dich *überhaupt nicht* um die Kleine, sie sieht so spitz aus« – waren wir auch schon wieder vergessen. Die Gespräche über Aktien und Wertpapiere, den Immobilienmarkt, die Bearbeitung von Parlamentsabgeordneten, um Gesetze durchzubringen, die eine Anhebung oder Senkung des Diskontsatzes nach sich ziehen würden, von dem sie bei ihren Investitionen abhängig waren, über Arbeitsgesetze, von denen sie abhängig waren, um billige Arbeitskräfte zu bekommen, oder über Landzuteilungen, von denen sie abhängig waren, um das Beste für sich zu behalten – all das verwuchs rund um uns zu einem Dikkicht von Gemurmel, außerhalb dessen wir, ausgeschlossen, schweigend unser Huhn *en gêlée* aßen und unsere Gläser mit gekühltem Weißwein leerten. Max war in diesem Schweigen aufgewachsen; vielleicht hörte er dieses Gemurmel in der fernen Konversation der Enten, wenn er allein über das Veld zur Farm zurückkehrte.

Ich sage von den Van Den Sandts, daß sie dies oder das »waren«; aber natürlich *sind* sie es. Irgendwo in der Stadt befand sich, während ich hier meinen Kaffee trank, Mrs. Van Den Sandt mit ihrer Handtasche, angefüllt mit dem Spielzeug der Erwachsenen wie die offene Tasche der Frau neben mir – dem Schlüsselring mit dem Maskottchen, dem kleinen vergoldeten Bleistift, dem Petit-point-Adreßbuch, dem edelsteinbesetzten Pillendöschen –, und erfuhr, daß Max gestorben war – noch einmal. Ihr Sohn war für sie an dem Tag gestorben, an dem er wegen Sabotage verhaftet worden war. Theo Van Den Sandt gab seinen Sitz im Parlament zurück, und er kam zu keiner einzigen Verhandlung, obwohl er Geld für Max' Verteidigung zur Verfügung stellte. Sie kam einige Male. Wir saßen auf der weißen Seite der Zuschauergalerie, aber nicht nebeneinander. Eines Tages, als sie frisch vom Friseur kam, trug sie eine feine Spitzenmantilla anstelle eines Hutes, der die Frisur zerstört hätte. Schuhe und Handschuhe waren perfekt aufeinander abgestimmt, und ich sah fasziniert, daß ein Teil von ihr sich um diese Dinge kümmern würde, solange sie lebte, *gleichgültig, was geschah*. Steif und aufrecht saß sie auf der harten Bank, die getuschten Wimpern fast bis auf die Wangen gesenkt, und hob kein einziges Mal den Blick, weder zu einem von uns auf der weißen Seite – den Frauen, Müttern und Freunden der weißen Angeklagten (Max stand mit Komplizen vor Gericht) mit unseren Eßpaketen, die wir ihnen täglich zum Lunch bringen durften – noch nach links, über die Schranke hinweg, zu den alten schwarzen Männern in zerschlissenen Mänteln und den Frauen mit ihren Bündeln, die gespannt wie eine Spiralfeder geduldig dasaßen.

In der Verhandlungspause, als alles in die hallenden Gerichtskorridore hinausströmte, roch ich ihr Parfum. Leute, die im Gehen miteinander redeten, Grüppchen bildeten und einander den Weg versperrten, hatten uns zusammengedrängt. Der Schock, als wir einander plötzlich gegenüberstanden, öffnete ihr nach Jahren des Schweigens zwischen uns den Mund. Sie sprach. »Womit haben wir das verdient!« Unter den Augen und von den Lippen zum Kinn waren tiefe Furchen, die Peitschenhiebe vom Kampf einer Schönheit gegen das Alter. Ich antwortete – ich weiß nicht, woher es kam: »Weißt du noch, wie er die Kleider seines Vaters verbrannt hat?«

Rund um uns hallten Schritte, wir wurden hin und her geschubst.

»Was? Alle Kinder machen Streiche. Das war doch nichts.«
»Er hat es getan, weil er Probleme in der Schule hatte, und er hatte tagelang versucht, mit seinem Vater darüber zu reden, aber sein Vater war zu beschäftigt. Jedesmal, wenn er versuchte, endlich zu dem zu kommen, was er sagen wollte, hieß es: Komm, geh jetzt. Dein Vater hat zu tun.«
Ihr bemalter Mund formte ein ungläubiges Lachen. »Wovon redest du?«
»Ja, du erinnerst dich nicht. Aber du wirst dich sicher erinnern, wenn ich dir sage, daß das damals war, als dein Mann alles drangesetzt hat, ins Kabinett zu kommen. Damals, als er Fraktionssprecher war und so schrecklich beschäftigt.«
Ich zitterte vor Haß über ihr Selbstmitleid, ihr Geruch stach mir in die Nase. Oh, wir gebadeten, parfümierten und enthaarten weißen Damen, in deren Schoß das Heiligtum der weißen Rasse ruht wie in einem heiligen Grab. Was für ein Gebräu aus Moschus und dem Absud von Blütenblättern kann die Scheußlichkeiten übertünchen, die im Namen dieses Heiligtums begangen werden? Max hat diese Scheußlichkeiten auf sich genommen, hat sich damit geteert und gefedert, und sie beklagte sich über ihre gemarterte Ehrbarkeit. Ich wollte sie verwunden; konnte denn nichts sie verwunden? Sie kehrte mir den Rücken, wie man das macht mit Menschen, von denen man nichts mehr erwartet.

Und dennoch, am Anfang hatten mich die Van Den Sandts als Verbündete betrachtet. Nicht mich persönlich, aber in meiner Eigenschaft als »normales« Interesse für einen Jungen, der nicht viele solcher Interessen hatte. Wenn ihr Max schon nicht dem Country Club beitreten oder seinen Teil als Mitglied der UP-Jugend leisten wollte, so hatte er wenigstens eine »kleine Freundin« gefunden. Das »klein« war ein Indikator für meinen sozialen Status, nicht für meine Größe. Ich war die Tochter eines Ladenbesitzers aus einer Kleinstadt, während Max' Vater nicht nur ein führender Politiker in der Smuts-Regierung gewesen war, sondern auch verschiedene Firmen leitete, die alles Erdenkliche von Zigaretten bis zu Plastikverpackungen produzierten. Als Max studierte, nahmen sie ihn natürlich nicht sehr ernst und betrachteten das, was sie von seinen Aktivitäten in der Studentenpolitik wußten, ebenso als jugendliches Aufbegehren gegen Konventionen wie sein betontes Nichterscheinen bei Dinner-Parties und seine verlotterte Kleidung. Ich weiß nicht, ob sie je wußten, daß er Mitglied einer kommunistischen Zelle war, wahrscheinlich nicht. Für sie war alles ein Spiel, ein Maskenball wie jene, zu denen *sie* in den dreißiger Jahren gegangen waren. Bald würde er das Kostüm ablegen, in einen Anzug schlüpfen, in eines der Unternehmen seines Vaters einsteigen, in den Aktienmarkt investieren und ein nettes Heim für das kleine Mädchen bauen, das er heiraten würde. Sie hatte keine Ahnung, daß er seine Zeit mit afrikanischen und indischen Studenten verbrachte, die ihn mit zu sich nach Hause nahmen in die Townships und Ghettos, wo er nie zuvor gewesen war, und ihn mit Männern bekanntmachten, die für die Weißen chauffierten, putzten und in Fabriken arbeiteten, sich aber ihre eigenen Ansichten über ihr Schicksal gebildet hatten und ihre eigenen Vorstellungen davon hatten, wie sie diese in die Tat umsetzen wollten. Für die Van Den Sandts existierte nichts von alldem; wenn Mrs. Van Den Sandt von »uns Südafrikanern« sprach, meinte sie die Afrikaans und Englisch sprechenden Weißen, und wenn Theo Van Den Sandt ein »vereintes Südafrika« forderte, das »einer Ära des Fortschritts und Wohlstands für alle entgegenging«, meinte er die Einheit derselben beiden weißen Gruppen und höhere Löhne und größere Autos für sie. Was den Rest anging – die zehn oder elf Millionen »Eingeborenen« –, so war ihre Arbeit durch verschiedene Gesetze geregelt, die außerhalb des Parlaments ohne Bedeutung waren, und ihr Leben war nebensächlich, denn bis die Weißen gekommen waren, hatten sie ohnehin nichts Besseres als eine Lehmhütte im Veld gekannt. Was die wenigen anlangte, denen es gelungen war, sich eine Bildung zu erwerben, die ein oder zwei Ausnahmen, die sich an der Seite ihres Sohnes Zugang zur Universität verschafft hatten, so fand Mrs. Van Den Sandt es »großartig, wie weit manche von ihnen es bringen können, wenn sie sich bemühen«; aber ihr Verstand stellte keine Beziehung her zwischen diesem »Bemühen« und einem Zimmer in irgendeinem Township, wo der Sohn einer anderen Frau sich im Licht eines Kerzenstummels den Kopf über seiner Arbeit zerbrach und mit dem Daumennagel (ich werde diese Beschreibung, die einer unserer Freunde uns von seiner Studienzeit gab, nie vergessen) die aus ihren Ritzen kriechenden Insekten zerquetschte.

Die Van Den Sandts müssen sich darauf verlassen haben, daß ich Max sozusagen am Penis in das Leben führen würde, für das er geboren war; und ich nehme an, das war auch der Grund, weshalb Mrs. Van Den Sandt im Gegensatz zu meinen Eltern geneigt war, es mit überlegener Toleranz hinzunehmen, als ich mit achtzehn schwanger wurde. »Ist ja weiter nicht schlimm, nur ein kleines *Mißgeschick*«, sagte sie in begütigendem Plapperton, als hätte ein junger Hund den Teppich naß gemacht. Und nachdem Max und ich geheiratet hatten und eines Tages zum Lunch kamen, betrachtete sie mich mit gespieltem Tadel, zog lächelnd die Augenbrauen hoch und sagte: »Also, nun *seht* euch bitte dieses Bäuchlein an! Die alten Tanten werden bald zu zählen anfangen, meine Liebe – aber die können uns alle miteinander gestohlen bleiben, was?«

Max' Gesichtsausdruck veränderte sich, er drehte sich um, ohne sie zu begrüßen, und verließ den Raum. Ich fand ihn in seinem früheren Schlafzimmer. »Wenn ich mir nichts draus mache, warum machst du dir was draus?« Aber was für mich nur ein dummer Zwischenfall war, war für ihn die rücksichtslose Fortsetzung eines Benehmens, mit dem man ihn sein Leben lang in

freundlicher Herablassung gedemütigt hatte. Nur ein Mann konnte ein Kind zeugen, aber ihr gelang es, die Sache so hinzustellen, als hätten die »schlimmen Kinder« da etwas »Unartiges« angestellt.
1952, während meiner Schwangerschaft, begann die Verweigerungskampagne. Max gehörte zu einer Gruppe von Weißen, die in ein für Weiße verbotenes afrikanisches Gebiet marschierten, und er fuhr auch nach Durban, wo Weiße, Afrikaner und Inder als Protest gegen die Rassentrennung auf einem öffentlichen Platz ein Lager aufschlugen. Natürlich lag es in der Absicht der Demonstranten, festgenommen und ins Gefängnis gesteckt zu werden. Aber die Anklagen gegen Max wurden fallengelassen, und obwohl wir nie herausfanden, warum, war er davon überzeugt, daß sein Vater dahintersteckte. Wenn das stimmte, hatte er Max damit etwas wirklich Schlimmes angetan; aber natürlich hatten sie es nicht seinetwegen getan, sondern für sich selbst. Ein Sohn, der wegen Widerstands gegen die Rassentrennungsgesetze im Gefängnis saß, hätte sich nicht gut gemacht für einen prominenten Parlamentsabgeordneten der United Party, obwohl zu dieser Zeit die Nationalisten schon seit fünf Jahren an der Macht waren und Van Den Sandt endgültig keine Chance mehr hatte, Minister zu werden. Wenn Max nicht willens war, als Weißer für Weiße zu handeln, würden die Van Den Sandts ihn überhaupt nicht handeln lassen. Das war es, was sie ihm antun wollten. Und dann kam die Zeit, in der er eine Bombe bastelte.

Sie trugen ihre Wochenendeinkäufe zusammen, die guten Bürger um mich herum, die nie den geringsten Zweifel daran hatten, auf welcher Seite sie standen. Die gleichmäßige Wintersonne, so knochenerwärmend, so wohltuend mild (vielleicht können wir einfach nicht anders, als zu glauben, daß wir es verdient haben müssen, daß bei uns das beste Klima der Welt ist), schien auf die Wein- und Whiskyflaschen, die Garnelen, die Kuchen und die Blumensträuße, die sie als offenkundigen Beweis für den hohen Lebensstandard der weißen Zivilisation mit nach Hause nahmen. Ich sah, wie sie ihren Kindern Pennies für die Sammelbüchse des Welttierschutzverbandes und den Hut des schwarzen Bettlers gaben. Den Boden unter ihren Füßen haben keine hausgemachten Bomben erschüttert, ebensowenig wie die Aufstände, die Aufmärsche und die Schießereien vor einigen Jahren, obwohl sie, wie alle anständigen Menschen, die Unmenschlichkeit der Gewalt beklagen und zur Herbeiführung von Änderungen – sollte so etwas wirklich gewünscht werden – ein verfassungskonformes Vorgehen empfehlen, zu welchen sie sich das alleinige Recht vorbehalten haben.
Auch ich habe mein Päckchen mit den Schweinefilets und meinen Stuhl in der Sonne; ich bin nicht von den anderen zu unterscheiden. Wir leben immer noch, und die Autos kriechen ungeduldig eines hinter dem anderen. Während Max im Meer liegt, in der Brühe am Grund des Meeres; armer Verrückter: ich nehme an, daß man das jetzt sagen kann, wie man es am Ende mit

Genugtuung von vielen sagen konnte, die sich als ungeschickt erwiesen hatten, auch von jenem zum Beispiel, der nicht wußte, daß für einen Premierminister mit einer göttlichen Mission vielleicht eine Silberkugel vonnöten gewesen wäre. Nur Verrückte machen solche Sachen. Aber kann ein Weißer, der wirklich eine Änderung will, überhaupt ganz bei Verstand sein? Der Gedanke hat etwas Tröstliches.

Einige von ihnen würden sich heute daran erinnern, daß sie recht daran taten, Max nicht nicht ernst zu nehmen, den armen Teufel, als er bei der Hochzeit seiner Schwester diese schreckliche Rede hielt. Man durfte es ihm nicht übelnehmen, daß er so auf sie losgegangen war. Er war eben nicht ganz bei Trost, der Arme. Das war lange vor der Bombe, mein Gott ja, lange bevor es so weit gekommen war – lange bevor es zu allerhand mit uns gekommen war. Max und ich waren noch zusammen, Bobo war ein Baby, erst ein paar Monate alt, wir hatten, seltsamerweise, immer noch so etwas wie einen Platz im Familienleben der Van Den Sandts. Natürlich war es nach der Geschichte mit der Widerstandskampagne, aber da Max' Beteiligung daran vertuscht worden war, hatten die Van Den Sandts wahrscheinlich nicht das Gefühl, daß diese Sache einen wirklichen Bruch zwischen Max und ihnen herbeigeführt hatte. Für sie zählt nur, was ihnen in der Öffentlichkeit schaden könnte. In der Verzerrung eines alten, fern seinem Ursprungsort degenerierten Kodex, die typisch ist für eine aus Übersee gekommene und in

Mottenkugeln aufbewahrte Zivilisation, verstehen die Van Den Sandts unter Ehre etwas, das in den Augen der anderen besteht. Privat kann man einander umbringen: Schande und Leid entstehen nur aus dem, was nach draußen durchsickert. Die Hochzeit einer Tochter mit einem passenden Kandidaten war ein öffentliches Ereignis (Max und ich hatten sie durch meine Schwangerschaft darum betrogen, auch wenn Max sich nicht geweigert hätte, das Spiel mitzuspielen), und der einzige Bruder der Braut hatte traditionell eine wichtige Funktion in der bei solchen Anlässen üblichen Mischung von Scherz und familiärer Gefühlsduselei. Daher verlor Max jede andere Identität; die Van Den Sandts bestanden darauf, daß er den Toast auf Queenie und ihren Bräutigam ausbrachte. Ich glaube, sie waren davon überzeugt, daß er von den gesellschaftlichen Konventionen getragen werden würde, so wie sie sich von solchen Dingen tragen ließen; daß die Zeremonien und das Gefühl der Zusammengehörigkeit zwischen Menschen seiner Art schließlich doch noch Macht über ihn gewinnen würden, wo er doch selbst verheiratet war, Frau und Kind hatte, und daß er, als der ordentliche Kerl, der ein Sohn aus ihrer Familie im Innersten einfach sein *mußte*, gar nicht anders können würde, als sich dem Anlaß »gewachsen zu zeigen«.

Es überraschte mich, daß Max nachgab; ich hatte mich gefragt, ob es mir gelingen würde, ihn überhaupt zu der Hochzeit zu bringen. Ich dachte, es mußte wegen Queenie sein, die er rein instinktiv einfach gern hatte –

sie war so hübsch, eines von diesen Mädchen, die man stillschweigend davon entbindet, die Verantwortung für sich selbst zu tragen.
»Was um Himmels willen wirst du denn sagen?« fragte ich und lachte bei dem Gedanken.
»Als würde irgend jemand erwarten, daß man etwas *sagt*«, antwortete er. »Auf das glückliche Paar!«
Und ich schwenkte ein imaginäres Glas und rief: »Es lebe hoch! Hurra!«
Frau Van Den Sandt gab mir Geld, damit ich mir ein Kleid für die Hochzeit kaufen konnte; ein großzügiges Geschenk, das sie dadurch verdarb, daß sie sich die Bemerkung nicht verkneifen konnte: »Laß Theo nicht wissen, wieviel dein Kleidchen gekostet hat – er wär wütend über meine Extravaganz!« Womit sie mir gleichzeitig zu verstehen gab, wie großzügig sie gewesen war und wie wenig ich mir von den Van Den Sandts erwarten durfte. Was sie nicht wußte, war, daß das Kleid weniger als die Hälfte von dem gekostet hatte, was ich ihr gesagt hatte, und daß ich mit dem Rest Rechnungen in der Apotheke und im Milchgeschäft beglichen hatte. Da saß ich hinter den Girlanden aus Nelken und Rosen, die den Tisch der Braut schmückten, aß geräucherten Lachs und trank Champagner und empfand nicht mehr als einen Anflug von mitfühlender Schüchternheit – die ich hinter dem Lächeln verbarg, das ich höflich mit dem neben mir sitzenden Onkel tauschte –, als Max sich zum Sprechen erhob. Max ist – war – zierlich und nicht sehr groß, aber er

hatte die kräftigen Handgelenke und die kleinen, hellblauen, weitsichtigen Augen seiner mütterlichen Vorfahren; er besaß, unübersehbar, die burische Identität, die sie kokett für sich beanspruchte. Er trug seinen dunklen Anzug und seine beste Krawatte, eine Krawatte aus Rohseide, die ich ihm geschenkt hatte. Er lächelte weniger in die Runde als mehr auf das Tischtuch hinunter, ein nervöses Lächeln, das mich immer an eine scheue Katze erinnert, die weder faucht noch fähig ist, einen Gruß auszudrücken, aber dennoch durch ein Verziehen des Mauls auf eine Annäherung reagiert. Er blickte weder mich noch sonst jemanden an. Seine ersten Worte verloren sich in den Gesprächen, die noch nicht ganz verstummt waren, aber dann wurde seine Stimme vernehmbar, »... meiner Schwester und Allan, dem Mann, den sie sich zum Gatten gewählt hat, ein glückliches Leben. Wir wünschen ihnen das, obwohl wir nicht viel mehr tun können, als es ihnen zu wünschen. Ich meine, es liegt an ihnen.«

Etwas wie Lachen begann sich zu regen, ein falscher Start – sie rechneten damit, gleich auf einen Scherz oder eine versteckte Anspielung reagieren zu müssen, aber Max schien nicht zu verstehen und fuhr fort: »Ich kenne Allan überhaupt nicht, und obwohl ich glaube, meine Schwester zu kennen, weiß ich wahrscheinlich auch über sie nicht viel. Wir müssen es ihnen überlassen, damit zurechtzukommen. Und – wir wünschen ihnen alles Gute dafür. Sie sind jung, meine Schwester ist schön –«

Diesmal klang das knurrende Gelächter überzeugt. Max wurde unhörbar, aber ich konnte mir denken, daß er wahrscheinlich etwas in der Richtung sagte, daß sie schön war, obwohl man sie so herausgeputzt hatte für diesen Tag. Die Gäste hatten beschlossen, es als eine besondere Art von trockenem Humor zu betrachten, wie er über ihre Reaktionen hinwegging, und ihr Lachen füllte dankbar jede Pause, jedes Zögern, während er fortfuhr: »... zwischen den beiden. Aber welches Leben sie leben werden, wie sie mit den anderen leben werden – das ist eine andere Sache, und dazu kann man etwas sagen. Ich weiß, man erwartet von mir, daß ich für alle hier Anwesenden spreche« (freundliches, zustimmendes Gemurmel), »– alle diese Menschen, die Queen schon von Geburt an kennen und auch ihren Mann Allan kennen – und die hierhergekommen sind, ganz in dem guten Gefühl, das sie immer haben, wenn sie zusammenkommen und auf die gegenseitige Gesundheit trinken – auf eure Gesundheit, Queen und Allan –, aber ich würde gerne für mich persönlich sagen« (die Blicke ruhten auf ihm mit der nachsichtigen, lächelnden Aufmerksamkeit, die gutes Benehmen erfordert), »laßt die Welt für euch nicht mit den Menschen anfangen und aufhören – wie viele sind es? vierhundert? –, die heute hier in diesem – im Donnybrook Country *and Sporting* Club sitzen. Diesen guten Freunden unserer Eltern und Allans Eltern, dem Gebietsleiter der Firmen unseres Vaters, den ehemaligen Ministern für dies und das (ich möchte keinen Fehler

in den Portefeuilles machen) und all den anderen, ich kenn die Namen nicht, aber ich erkenne die Gesichter –, die uns und diesen Club und dieses Land zu dem gemacht haben, was es ist.« (Es folgte ein längerer Applaus, angeführt von jemandem mit lauten, harten Handflächen.) »Es gibt eine ganze Welt außerhalb dieser Welt.« (Wieder brach Applaus los.) »Ausgeschlossen. Ausgesperrt. Eine Welt rund um diese hier … Bleibt nicht hier drinnen und laßt eure Adern verhärten wie sie … ich rede nicht von dieser Sache, unter der manche von ihnen leiden, die schon ihre Thrombose hinter sich haben, ich rede nicht von Adern, die pelzig geworden sind vom Herumsitzen an Orten wie diesem feinen Club und davon, daß man mehr als genug zu essen hat –« (Applaus begann und verebbte sofort wie irrtümliches Klatschen zwischen zwei Sätzen eines Konzerts.) »Wovor ich euch bitte, euch in acht zu nehmen, ist – ist moralische Sklerose. Moralische Sklerose. Verhärtung des Herzens, Verengung des Geistes; während die Dividenden steigen. Diese Sache, die sie dazu bringt, im Winter Gratisdecken in den Townships zu verteilen, während sie sich weigern, Löhne zu zahlen, von denen Menschen leben könnten. Selbstgefälligkeit. In unseren Kreisen kann man nicht zu jung sein, um sich damit anzustecken. Man kriegt es ziemlich schnell. Es ist weiter verbreitet als Bilharziose in den Flüssen und wesentlich schwerer zu kurieren.«
Es folgte ein Murmeln und Kichern. Der Onkel neben

mir flüsterte besorgt: »Er hat die Rednergabe seines Vaters geerbt.«

»Es ist eine echte Seuche an Orten wie diesem Donnybrook Country *and Sporting* Club und in den Stadtrandsiedlungen, von denen ihr euch wahrscheinlich eine zum Wohnen aussuchen werdet. Seid bloß nicht zu sicher, daß sie gesund sind, unsere netten, sauberen Stadtrandsiedlungen nur für Weiße.«

Sie lächelten blind, taub, mit der gewohnten höflichen Aufmerksamkeit, wie sie es auch getan hätten, wenn die Gastgeberin auf der Tanzfläche ihr Höschen verloren hätte oder wenn sie aus Versehen ein peinliches privates Geräusch gehört hätten.

»– und eure Kinder. Wenn ihr Kinder habt, Queenie und Allan, macht euch keine großen Gedanken darüber, wer sie küßt – es sind nicht die Küsse, die sie moralisch verderben könnten, sondern das, was man ihnen erzählen wird. Was eine gute Erziehung aus ihnen machen wird, davor müßt ihr auf der Hut sein. Moralische Sklerose – ja, das ist alles, was ich sagen wollte, bleibt lebendig und empfindungsfähig und geistig wach – weiter kann ich nichts sagen, was irgendwie von Nutzen wäre ...«

Max wurde sich plötzlich der Menschen um sich herum bewußt und setzte sich. Eine Sekunde war es still, dann begann dasselbe Paar harter Handflächen zu klatschen, und ein paar andere Hände folgten mit hohlem Klang, aber irgend jemand am Tisch der Braut sprang plötzlich auf und riß sein Glas zu dem Toast hoch, den Max vergessen hatte – »Auf die Braut und den Bräutigam!« Alle goldfarbenen Klappstühle kratzten über den Boden, und die Gestalten erhoben sich in Solidarität – »Auf die Braut und den Bräutigam!« Ich sah die entschlossen lächelnden Gesichter hinter den Weingläsern, als bildeten sie eine geschlossene Front gegen ihn. Aber über meinem Kopf prallten Glückwünsche aufeinander, die Kapelle stimmte das Lied *»For They Are Jolly Good Fellows«* an, und der Lärm spülte über ihn hinweg, ignorierte ihn, bestätigte sie. Nach kürzester Zeit schien keiner sich daran zu erinnern, daß die Rede sich durch irgend etwas von den vielen Dutzend anderen unterschieden hatte, die sie über sich ergehen lassen und vergessen hatten. Nur Mrs. Van Den Sandts Make-up hob sich wie ein aufgemaltes Gesicht von ihrem eigenen Gesicht ab, als sie sich lebhaft über den Tisch neigte, um Küsse und Glückwünsche entgegenzunehmen; die Haut darunter mußte völlig blutleer sein.

Armer Max – *moralische Sklerose!* Wie er sich in diese moralinsaure Wendung verliebte und sie ständig wiederholte: *moralische Sklerose.* Wo um alles in der Welt hatte er das her? Und die ganze Liste von Vergleichen, die er dazu auftischte. Wie früher in der Sonntagsschule – die Welt ist Gottes Garten, und wir alle sind Seine Blumen usw. (Die Fäulnis der Lüge, die Blattlaus des Zweifels.) Und hätte es einen unpassenderen Zeitpunkt und Ort für einen derartigen Versuch geben können? Was konnte diese plumpe Ehrlichkeit gegen seine krasse Unhöflichkeit ausrichten? *Sie* waren alle wieder im Recht und er im Unrecht; und ich hätte ihm dafür einen Tritt geben können. Wir verließen die Hochzeitsfeier nicht. Wir blieben und wurden ziemlich blau und tanzten miteinander in demonstrativer Solidarität, aber ich brachte es nicht fertig, auch nur ein Wort über die Rede zu ihm zu sagen, sie war so schrecklich komisch gewesen, und ich glaube, das beschämte ihn, und er grollte mir tagelang.

Was die Braut anlangte, seine Schwester Queenie, so waren Elternhaus und Schule bei ihr so restlos erfolgreich gewesen, daß sie seinen seltsamen, wirren Ausbruch nicht genügend verstand, um lieber darüber hinwegzugehen. »Was für eine Moralpredigt ausgerechnet an unserem Hochzeitstag!« beschwerte sie sich gutmütig. »Ich kam mir vor, als wär ich wieder in der Schule oder so! Du glaubst wohl, weil du zuerst geheiratet hast, kannst du mir ins Gewissen reden wie ein alter Opa!«

Moralische Sklerose; du lieber Gott!

Nach all der Zeit ist mir der Gedanke an diesen idiotischen Ausdruck immer noch peinlich – und nach außenhin kaschiere ich diese Verlegenheit offenbar hinter einem Lächeln: Als ich vor der erhobenen behandschuhten Hand des Verkehrspolizisten anhielt, der samstags an meiner Ecke Dienst tut, bemerkte ich, daß er das Lächeln der Frau hinter der Glasscheibe auf eine Art erwiderte, wie einer, der auf ein unerwartetes, aber niemals unwillkommenes Angebot reagiert.

Das Telefon klingelte, als ich in die Wohnung kam, aber als ich es erreichte, hörte es auf. Ich war sicher, daß es Graham war, und dann sah ich einen Strauß Blumen in Zellophan auf dem Tisch; er hatte sie hierher schicken lassen statt ins Heim. Aber auf dem zierlichen Umschlag stand mein Name – er hatte auch für mich Blumen gekauft, als er den Strauß für die alte Dame bestellt hatte. Samson, der bei mir saubermacht, mußte in der Wohnung gewesen sein, als sie zugestellt wurden, und hatte sie entgegengenommen. Sie waren an das Zellophan gepreßt wie Gesichter gegen eine Glasscheibe; ich befreite sie mit einem Ruck aus ihrer quietschenden transparenten Hülle und las die Karte: Alles Liebe, G. Graham und ich haben keine Kosenamen füreinander. Wenn nötig, bedienen wir uns des Standardvokabulars. Ein kalter, zerquetschter Duft stieg von den Blumen auf; es waren die Schneeglöckchen mit ihren zwiebelartigen Stengeln und Blättern, ihrem kühlen Grün. Er weiß, wie verrückt ich danach bin. Und nach den Maiglöckchen, die wir voriges Jahr in Europa kauften, als wir uns für eine Woche im Schwarzwald trafen. Es ist nichts auszusetzen an einer schlichten Formulierung: Alles Liebe. Er war im Blumenladen gewesen, also hatte er mir ein paar Blumen geschickt. Er würde nicht eigens hingehen, es sei denn anläßlich eines Geburtstages oder dergleichen. Es hätte wegen Max sein können; aber nein, sicher nicht, du lieber Himmel, das wäre schrecklich gewesen, so etwas hätte er nie getan. Wir hatten in der vergangenen Nacht miteinander geschlafen, aber daran war nichts Besonderes. Man bekennt sich nicht gerne zu Gewohnheiten, Tatsache jedoch ist, daß er freitags abends mit den Gedanken nicht beim nächsten Gerichtstag ist und daß ich am nächsten Morgen nicht aufstehen muß, um zur Arbeit zu gehen.

Während ich die Blumen ins Wasser stellte, klingelte das Telefon wieder. »Sie sind wunderschön – ich bin gerade heimgekommen. Die ersten Schneeglöckchen, die ich in diesem Jahr seh.«

»Wie war er?«

»Oh, ganz in Ordnung. Er ist ein sehr vernünftiges Kind, Gott sei Dank.«

Ich begann mir zu wünschen, daß er sagte: Komm doch zum Essen, aber ich hatte nicht die Absicht, das direkt auszudrücken, denn wir hatten es uns zum Prinzip gemacht, nicht aneinander zu kleben, und wenn ich damit anfing, mußte ich damit rechnen, daß er zu einem Zeitpunkt, der mir vielleicht nicht so angenehm wäre, das gleiche mit mir tat. Man kann nicht beides haben.

Wahrscheinlich war er bei dem jungen Anwalt eingeladen, mit dem er Golf spielte; seine Frau ist auch Anwältin, eine nette Person – ich fühle mich wohl in ihrer Gesellschaft, und ihr Haus steht mir in gewisser Weise immer offen, aber vor Leuten dieser Art, seinen Kollegen, erwecken wir nicht gerne den Eindruck, daß wir »alles gemeinsam machen«, wir geben stillschweigend zu verstehen, daß wir nicht als »Paar« zu betrachten sind. Graham ist nicht der Mann, der es an die große Glocke hängt, daß er eine Freundin hat, es sei denn – was? Ich glaube nicht, daß man sagen kann, unsere Beziehung wäre nicht ernst; aber trotzdem, sie ist nicht klassifiziert, sie trägt kein Etikett.

Graham sagte mir, daß etwas über Max in der Frühausgabe der Abendzeitung stand. »Soll ich's dir vorlesen?«

»Nein, erzähl's mir.«

Aber er räusperte sich, wie er es immer macht, wenn er etwas vorliest oder wenn er bei Gericht zu seinem Plädoyer ansetzt. Im Gegensatz zu den meisten Anwälten hat er eine gute Stimme. »Es ist nicht viel. Von dir ist nicht die Rede, nur von seinen Eltern. Natürlich wird der ganze Fall ausgegraben ... und da steht auch, daß er Kommunist war – daran kann ich mich gar nicht erinnern ...?«

»War er auch nicht. Er wurde nie als Kommunist geführt. Und überhaupt, was soll's?«

»Ein Taucherteam hat den Wagen raufgeholt. Es war ein Koffer voller Dokumente und Papiere im Koffer-

raum, alles so vom Wasser zerstört, daß man nicht wird feststellen können, was für Papiere das waren.«
»Gut so.«
»Sonst nichts. – Etwas über die Parlamentslaufbahn seines Vaters.«
»Aha. Und von Bobo schreiben sie gar nichts?«
»Zum Glück nicht.«
Wir hätten eiskalte Verbrecher sein können, die über eine erfolgreiche Flucht diskutierten.
Ich sagte: »Es war ein perfekter Vormittag. War dein Spiel gut?«
»Booker hat mich in die Pfanne gehauen. Das ist das zweite Mal in dieser Woche, und ich hab ihm gesagt, das ist einmal zu viel.« Er und sein Golfpartner waren gegnerische Anwälte in einem Fall gewesen, den Graham verloren hatte.
Ich sagte: »Ich versteh das nicht. Wenn ich du wär, hätte ich für eine Weile genug von ihm.« Er lachte; es schockiert mich immer wieder, wie Anwälte, wenn es um das Leben eines Dritten geht, mit allen Anzeichen schonungsloser Härte aufeinander losgehen können – und während der Teepause sitzen sie dann in schönster Eintracht beisammen. »Nichts ist schrecklicher als dieser Professionalismus. Stell dir vor, ob du zehn Jahre kriegst oder freigesprochen wirst, kann davon abhängen, ob dein Anwalt den Verteidiger des anderen in Grund und Boden reden kann, und im Golfclub gießen sie sich miteinander einen hinter die Binde. Das macht mir mehr angst als der Gedanke an den Richter. Wenn

ich zu einem Anwalt geh, stell ich mir gern vor, daß ihm mein Fall genauso am Herzen liegt wie mir.«
Wir lachten beide; das Thema war nicht neu zwischen uns.
»Aber du weißt, daß das nicht funktionieren würde. Er würde dich schlecht beraten, wenn das so wäre. Du bist zu emotional.«
Ich dachte daran, daß wir eben noch über Max' Tod gesprochen hatten. Ehrlichkeit klingt herzlos; so daß man sich ihrer fast schämt.
»Auf jeden Fall weiß Booker nicht, daß wir Berufung einlegen werden«, neckte er mich in trockenem Ton. »Ich werd mich rächen, wenn schon nicht auf dem Rasen, dann vor Gericht. Ich werd heute nachmittag ein wenig arbeiten, das heißt, wenn ich nicht schlafe. Aber ich fürchte, ich werd einem kleinen Schläfchen nicht widerstehen können. Daran ist dieser Sessel schuld, den du mir eingeredet hast.« Er hatte in Dänemark die schönen Ledermöbel bestellt, die man dort macht, und wir hatten das häßliche Zeug hinausgeworfen, von dem seine Frau offenbar gemeint hatte, daß es für ein »Herrenzimmer« das Richtige sei. Zu diesen Möbeln gehörte ein Stuhl, in dem man die ganze Nacht schlafen konnte, ja, man hätte darin sogar miteinander schlafen können, nicht, daß er das je tun würde. Gestern, nachdem der Diener den Kaffee abgedeckt hatte, kamen wir in die Stimmung dafür, als wir vor dem offenen Kamin saßen, aber wir gingen wie üblich in sein Schlafzimmer. Was für ein Unsinn das ist, wenn man von der

»körperlosen« Stimme am Telefon spricht; alles von Graham war da, während er alltägliche Dinge sagte. Letzte Nacht hatte ich ihn lange Zeit in meinem Körper gehalten.

Es piepte in der Telofonzelle an seinem Ende der Leitung, und ich sagte noch etwas über die Blumen, bevor wir einhängten. Einmal allein, verspürte ich nicht mehr die geringste Lust, auszugehen. Im Gegenteil, ich fühlte mich erleichtert. Ich füllte die Vase bis zur richtigen Höhe mit Wasser. Ich warf das Papier und das Zellophan in den Kücheneimer und legte das Essen, das ich gekauft hatte, in den Kühlschrank. Ich klappte die quietschenden Gelenke meines Stuhls aus Plastik und Aluminium auseinander, setzte mich auf den Balkon in die Sonne und zündete mir eine Zigarette an. Viele Ansprüche, die man an andere Menschen stellt, sind weiter nichts als nervöse Gewohnheiten wie der Griff nach einer Zigarette. Das durfte ich nicht vergessen, sollte ich je wieder ans Heiraten denken. Ich glaube nicht, daß ich je wieder heiraten werde. Aber ich ertappe mich dabei, daß ich von Max als »meinem ersten Mann« rede, was so klingt, als würde ich mit einem zweiten rechnen. Na ja, mit dreißig kann man nie sicher sein, was man noch tun wird.

Mit achtzehn war ich mir da natürlich ganz sicher. Ich würde heiraten und ein Kind haben. Diese Zukunft war, wie erwartet, eingetroffen, wenn auch vielleicht früher als erwartet. Und Max entsprach vielleicht nicht genau der vorgegebenen Norm, aber die Situation entsprach, tief in meinem Unterbewußtsein, dem Leitbild, das mir gegeben worden war. Die Ehe als Schutzeinrichtung war eine Vorstellung, die sich hartnäckig bei mir hielt, und sei es auch nur ein Schutz vor Eltern und ihren Gewohnheiten. Dort, woraus immer die Wände gemacht sein sollten, würde ich das Leben einer Frau leben, und das war? – ein Leben unter Frauen wie meine Mutter, gebunden an einen Mann wie meinen Vater. Aber das Problem ist, daß es keine Männer mehr gibt wie meinen Vater – in dem Sinn, daß Männer von der Sorte meines Vaters, für mich, in meiner Welt, nicht das darstellen, was sie für meine Mutter in ihrer Welt dargestellt haben. Ich wurde dazu erzogen, unter Frauen zu leben, das bequeme Leben einer Frau des Mittelstandes mit ihren Einkäufen, ihren gesellschaftlichen Verpflichtungen und ihren Haushaltsangelegenheiten, aber ich muß unter Männern leben. Das meiste, was es von meiner Familie und meiner Umwelt zu lernen gab, hat sich für mich als hoffnungslos veraltet erwiesen.

Graham und ich kennen uns seit der Verhandlung. Ich war bereits von Max geschieden, aber es war keiner sonst da, der etwas getan hätte, und so lernte ich Graham kennen, man hatte mir gesagt, er wäre der richtige Mann für den Fall. Wie es sich ergab, konnte er den Fall nicht übernehmen, und er wurde schließlich einem anderen übertragen, aber Graham zeigte weiterhin Interesse, und später, als Max im Gefängnis war, half er mir bei der Einbringung mehrerer Gesuche.

Graham stellte mir keine Fragen, er war wie einer von diesen Ärzten, bei denen man das Gefühl hat, sie wissen alles über einen, weil sie Symptome zu lesen verstehen, von denen man nicht einmal weiß, daß man sie hat. Er war einmal verheiratet gewesen; mit einem Mädchen, mit dem er seit der Schulzeit gegangen war, und sie war an Meningitis gestorben, als sie noch jünger gewesen war als ich jetzt. Es gibt noch Zierdeckchen im Haus, die sie mit ihren Initialen bestickt hat.

Graham verteidigt viele Menschen, die aus politischen Gründen angeklagt sind, und gehört zu der Handvoll Anwälte, die sich nicht um die Folgen kümmern, die es nach sich ziehen könnte, wenn man sich den Ruf erwirbt, zur Übernahme solcher Fälle bereit zu sein. Ich habe meine Arbeit am Institut für Medizinische Forschung, wo ich Stuhlproben auf Bandwürmer untersuche, Urinproben auf Bilharziose und Blut auf Cholesterin. Und so halten wir unsere Hände sauber. Zumindest, was die Arbeit angeht. Keiner von uns macht Geld mit billigen Arbeitskräften oder verrichtet eine Dienstleistung, die sich auf Menschen einer bestimmten Hautfarbe beschränkt. Scheiße und Blutproben sind für mich, Gott sei Dank, alle gleich, egal, von wem sie stammen.

Letztes Jahr in Europa verbrachten wir eine sehr angenehme Zeit miteinander. Wir lebten in einem Zimmer und schliefen in einem Bett, in unkomplizierter Vertrautheit. Einen Teil der Zeit ging jeder von uns seine eigenen Wege, aber wir hatten den Urlaub gemeinsam geplant, und wir blieben den Großteil davon zusammen. Ich glaube nicht, daß wir einander je auf die Nerven fielen. Aber seit wir zurück sind, leben wir wieder wie früher, schlafen manchmal zwei Wochen nicht miteinander, und jeder von uns beansprucht große Teile seines Lebens für sich allein. Ich brauchte ihn nicht, wie ich da in der Sonne auf meinem Balkon saß.

Eine sexuelle Beziehung. Aber es ist mehr als das. Eine Liebesaffäre? Weniger als das. Ich will damit natürlich nicht sagen, daß es eine neue Form von Beziehung ist, sondern eher, daß sie sich aus den Versatzstücken der alten Formen zusammensetzt, die nicht funktionieren. Sie ist in Ordnung; tut niemandem weh, nicht einmal uns. Ich nehme an, daß Graham mich heiraten würde, wenn ich es wollte. Vielleicht will er es; und dann würde alles anders werden. Wenn ich einen Mann wollte, hier, zu dieser Zeit, in diesem Land, könnte ich einen besseren finden? Er handelt nicht, das ist wahr; aber er gibt auch in einer schwierigen Situation nicht nach, und das ist schon etwas. Er lebt das Leben eines Weißen, aber welchen Sinn hat die bloße Geste, auf irgendeine andere Art zu leben? Er wird seine eigenen Überzeugungen überleben, er wird tun, was er sich vorgenommen hat, und welches Versprechen er auch gibt, er wird es halten. Wenn ich mit ihm über Geschichte oder Politik rede, wird mir bewußt, wie magnetisch sein Verstand sich zur Wahrheit hingezogen fühlt. Man kommt nicht an sie heran, *aber wenigstens eine Vorstellung davon zu haben, wo sie ist!* Aber wenn er in mir ist – wie letzte Nacht –, dann geschieht etwas ganz Seltsames. Er ist viel besser als die Männer meines Alters, er kommt zu mir mit einer soliden, majestätischen Erektion, die so lange andauert, wie wir wollen. Manchmal bleibt er eine Stunde in mir, und ich kann die Hand auf meinen Bauch legen und den stumpfen Kopf durch mein Fleisch hindurch spüren wie eine hochgehaltene Standarte. Aber wenn er mich füllt, wenn man meinen könnte, auch die letzte kleine Lücke in mir sei für immer geschlossen, wenn wir schweigend daliegen, habe ich das Gefühl, daß ich es bin, die ihn in ihren Körper hineingezogen hat, daß ich es bin, die ihn dort hält, daß ich es bin, der er hilflos ausgeliefert ist. Wenn ich die Muskeln in meinem Inneren spanne, ist es, als würde ich jemanden erdrosseln. Er spricht nicht; das Leid der Lust verschließt ihm die Augen, seine Lider sind zart ohne die Brille. Und selbst wenn er uns zum Höhepunkt bringt – nachher umfange ich ihn immer noch wie einen Strangulierten: warm, dick, tot, in mir.

So ist es.

Aber ich denke nicht oft daran; und wie ich da auf meinem Balkon in der Mittagssonne saß, die man unmöglich »Wintersonne« nennen kann, nahm es einfach nur einen Platz in meinem Bewußtsein ein (die trockene Wärme machte mich schläfrig) neben den Tauben, die durch die Regenrinne tappten, den beiden Kindern, die einander mit Wasserpistolen bespritzten und die ich nicht sehen, aber hören konnte, und den Männern auf dem Stück Wiese über dem Gehsteig auf der anderen Seite. Es waren schwarze Arbeiter, mit Zustellrädern, in Overalls. Sie lagen ausgestreckt im Gras, mit Firmennamen quer über dem Rücken. Sie tranken Bier aus den großen roten Pappkartons in der Sonne. Wir waren alle in der Sonne. Es gibt eine Art, mit Menschen zusammenzusein, die nur möglich ist, wenn man ihre Namen nicht kennt. Wenn man niemanden speziell braucht, stellt man auf einmal fest, daß man zu einer Gemeinschaft gehört, zu der man früher nicht zugelassen war; ich brauchte niemanden, weil ich diese Leute hatte, die wie ich bald aufstehen und weggehen würden. Ohne jeden Grund fühlte ich mich sehr zu Hause.

Trotz allem.

Hin und wieder sprachen sie miteinander, in den Kadenzen, die ich so gut kenne, auch wenn ich die Worte nicht verstehe. Es war die Stunde, zu der alle Hausbewohner beim Essen waren, und nur sie hatten Zeit, im Gras zu liegen, Zeit, die keine Aufschrift trug. Nach einer Weile ging ich hinein, schnitt mir das Ende von dem Brotlaib ab, den ich gekauft hatte, legte ein wenig von dem papierdünnen Schinken aus dem Supermarkt darauf und aß eine Banane, in der Winter war – ein hartes Inneres und ein pelziger Geschmack. Als ich etwas im Magen hatte, überkam mich Müdigkeit, und ich legte mich auf den Diwan im Wohnzimmer, wo es warm war unter der Decke von Bobos Bett.

Vor meinen Augen wogte Seegras aus den Tiefen des Meeres.
Ich schlief nicht, sondern war in der Vision wach, als ich in dem Raum die Augen öffnete. Nahe am Wasser, wo die Köpfe wie Büschel von zerfransten Gummibändern, zwischen denen der Sauerstoff in schäumenden Blasen zischt, an die Oberfläche kommen und schlaff auf den gegen die Felsen klatschenden Wellen treiben; und zugleich von der Straße hoch oben auf dem Kliff hinunterblickend auf die wie Schildpatt in der Sonne schimmernden Tiefen und die vom Wellengekräusel verzerrten Stämme, große, braune, tanzende Rohre, die hinunter, hinunter schaukeln, fort aus dem Brennpunkt der Linsen aus Wasser, so dick wie Flaschenböden, hinunter, hinunter.
Das Wasser strömte in Max' Nasenlöcher und füllte seinen Mund, als er nach Luft schnappte. Zum ersten Mal begriff ich, wie es geschehen sein mußte, als er es geschehen ließ. Das brennende, kalte Salzwasser, das überall hineinströmte, die letzten Blasen von Leben, die überall heraussprudelten, wo sie eingeschlossen waren – im Wagen, unter seinem Hemd, in seinen Lungen, gefüllt mit dem letzten Atemzug, den er getan hatte, bevor er unterging. Hinunter, hinunter auf den Grund, wo das Seegras schließlich doch irgendwo seinen Anfang haben muß. Er hatte einen Koffer voller Papiere mitgenommen, die nicht entziffert werden konnten. Nur durchweichter Brei. Er nahm sie mit sich, und keiner würde je wissen, was es war – Manuskripte,

Traktate, Pläne, Briefe. Im Sterben war er erfolgreich gewesen.
Ich lag still in dem Raum, und meine Augen waren voller Tränen. Ich weinte nicht, weil er tot war, ich weinte wegen der Qual und des Entsetzens der physischen Umstände seines Todes. Die Blumen hatten sich bewegt und waren aufgegangen, während ich geschlafen hatte, und der warme Raum war erfüllt von ihrem Duft. Ich lag ganz still und fühlte mich lebendig, lebendig wie ihr Duft in dem Raum.
Max' Tod ist ein Postskriptum. Ein Postskriptum kann etwas Triviales, fast Bedeutungsloses sein, oder es kann wichtig sein und im letzten Sinne relevant.
Ich glaube, ich weiß alles, was es über Max zu wissen gab. Alles zu wissen kann vergeben heißen, aber es ist nicht Liebe. Man kann zu viel wissen, um zu lieben.
Als Max und ich heirateten, brach er sein Studium ab und nahm einen Job an – viele Jobs. Keinen übte er lange aus; es gab so viel anderes zu tun, zu dieser Zeit gab es noch Dinge zu tun, deren Unmittelbarkeit uns reizte – Diskussionen und Arbeitsgruppen in den Wohnungen von Leuten unseresgleichen und in den schwarzen Townships, Open-air-Meetings, Demonstrationen. Die kommunistische Partei war für illegal erklärt und offiziell aufgelöst worden, aber unter der Tarnkappe anderer Organisationen konnte sich der ganze Regenbogen von politisch konservativen Weltverbesserern bis zum radikalen linken Flügel immer

noch ziemlich offen zeigen. Vor allem hatte der afrikanische Nationalismus durch den organisierten passiven Widerstand in den Augen der Welt Vertrauen und Ansehen gewonnen und schien im eigenen Land bereit, Afrikaner jeder Hautfarbe anzuerkennen, die sich von der trennenden Schranke der Hautfarbe befreien wollten. In unserer kleinen Gruppe, Solly, Dave, Lily, Fatima, Alec, Charles – Inder, Afrikaner, Farbige und Weiße –, gab Fatima Bobo das Fläschchen, und Dave lachte über Max' schlechte Laune. Die Zukunft war bereits da; es ging uns darum, den Mut zu haben, sie zu verkünden. Wieviel Mut? – Ich glaube, wir hatten keine Ahnung.

Seinen ersten Job gab Max auf, weil sie nicht bereit waren, ihm für die Teilnahme an einer Gewerkschaftstagung drei Tage freizugeben. Max' Hauptfach an der Universität war Politik gewesen, aber er hatte das Gefühl, daß es noch große Lücken in seinem Wissen gab; zu jener Zeit bemühte er sich darum, einer kleinen Gruppe politisch ambitionierter Afrikaner ein wenig von dem theoretischen Hintergrund in Volkswirtschaft beizubringen, den sie haben wollten. Ich habe vergessen, was mit dem nächsten Job passierte – ach ja, doch, er ließ während der Dienststunden von einer Schreibkraft irgendein Flugblatt vervielfältigen. Und so ging es weiter. Die Jobs kamen bei allen Überlegungen zuletzt, weil sie unwichtig waren. Er nahm, was er kriegen konnte, um uns irgendwie über Wasser zu halten. Er hatte ja im Grunde auch keine speziellen Qualifikationen; er hatte an der philosophischen Fakultät studiert, was seine Eltern als harmlose Alternative zu Betriebswirtschaftslehre betrachtet hatten, er aber hatte darin geistige Freiheit gesehen. Die Art des akademischen Grades, den er sich erwerben würde, war seiner Familie ziemlich gleichgültig; sie erwarteten von ihm, daß er nach Abschluß des Studiums in eine der väterlichen Firmen eintreten würde, das war alles.

Sie nahmen an, Max würde nachts für sein Diplom weiterstudieren, aber nachts gab es weniger Zeit als am Tag, denn die Arbeitsgruppen und Treffen fanden alle nach Dienstschluß statt, und Freunde kamen zu Diskussionen, die meistens die halbe Nacht dauerten. Ich nahm meine Arbeit wieder auf, als Bobo fünf Monate alt war, und wir hatten ein Kindermädchen, Daphne, ein nettes, tüchtiges, echtes Johannesburger Kindermädchen, das sich um Max kümmerte, wenn er zu Hause war, und auch um das Baby. Einmal hatten wir im selben Monat den Verdacht, schwanger zu sein, und wir brachten die Geschichte in Ordnung, ohne daß ich Max damit belästigte, oder sie ihren Freund, indem wir sofort Pillen schluckten, die mein Arzt mir auf mein dringendes Bitten hin gegeben hatte, nicht ohne mich zu warnen, daß sie nicht wirken würden, wenn wir es wirklich wären.

Ich war besessen von dem Gedanken, daß Max die Möglichkeit haben mußte, sein Studium wieder voll aufzunehmen und zu beenden. Wir würden nicht von den Van Den Sandts leben (wir hatten hier und da ihre

Hilfe beanspruchen müssen – bei Bobos Geburt zum Beispiel). Ich wollte zusätzlich zu meiner Arbeit am Tag irgendeine Tätigkeit finden, die ich abends ausüben konnte. Wir prüften die Möglichkeiten; ich konnte nicht maschineschreiben. Schließlich sagte ich: »Platzanweiserin in einem Kino. Das ist so ziemlich alles. Wieviel sie wohl verdienen?«

»Warum nicht? In einem Pagenkostüm à la Soutine und mit einer Taschenlampe.« Ich sah, daß ihm der Gedanke wirklich gefiel. Er begann anderen gegenüber Bemerkungen fallenzulassen, als hätte ich den Job bereits angenommen. »Liz wird in einem Kino arbeiten. Glaubt nicht, daß ihr Gespenster seht.« Aber ich wurde nicht Platzanweiserin. Ich arbeitete damals für ein Privatlabor, und einer der Pathologen gab mir seine Forschungsnotizen zur Ausarbeitung. Er zahlte mir mehr, als ich im Kino bekommen hätte, und ich konnte die Arbeit zu Hause machen. Aber es nervte Max, daß Dr. Farbers Notizen in der kleinen Wohnung herumlagen, in der nicht genug Platz für seine eigenen Bücher und Unterlagen war, und er schien das Interesse am Zweck meiner zusätzlichen Tätigkeit zu verlieren. Platzanweiserin in einem Kino war wohl das letzte, was Mrs. Van Den Sandt oder die schöne Queenie sich als Beschäftigung für sich selbst hätten vorstellen können. Ich brachte Max um die Gelegenheit, die Entfernung von ihnen auf die Spitze zu treiben und seine Sehnsucht zu befriedigen, anderen Menschen durch die Bande der Not nahezukommen. Ich war mir dieser

Sehnsucht bewußt, aber ich begriff es nicht immer, wenn ich es versäumte, zu ihrer Erfüllung beizutragen.

Obwohl Max an der Universität Mitglied einer kommunistischen Zelle gewesen war, schlug er bei seinen Versuchen, Afrikanern ein gewisses Fundament für die Entwicklung ihres eigenen politischen Denkens zu geben, keine streng marxistische Linie ein. Und als die kommunistische Partei als Untergrundorganisation ihre Tätigkeit wiederaufnahm, trat man an ihn mit der Aufforderung heran, in ihrem Rahmen aktiv zu werden, aber er tat es nicht. Er war sehr jung und unbedeutend gewesen während seiner kurzen Zeit in der kommunistischen Zelle; vielleicht hatte es damit zu tun – er sah sich nicht mehr in diesem begrenzten Status. Nach der Verweigerungskampagne, an der Menschen aller möglichen politischen Richtungen teilgenommen hatten, trat er für eine Weile der neuen nichtrassischen liberalen Partei bei und dann dem COD, dem Congress of Democrats. Aber die Afrikaner nahmen die Liberale Partei nicht ernst; er sah sich in einer weißen Gruppe beiseite geschoben, die nach Ansicht der Afrikaner die wohlmeinende Vermessenheit besaß, in ihrer Sache das Wort zu ergreifen. Sogar im COD, einer radikalen weißen Organisation (sie gab die Fassade für einige wichtige Kommunisten ab), die sich nicht auf höfliche Podiumskontakte bei gemischtrassischen Tagungen beschränkte, war er rastlos. Die COD-Leute arbeiteten direkt mit schwarzen Bewegungen zusammen, hatten sich aber hauptsächlich deshalb zusammengeschlossen, weil sie – obgleich sie sich mit dem Afrikanischen Kampf identifizierten – die Ansicht vertraten, daß eine Afrikanische Bewegung, die eine Massenunterstützung anstrebte, es sich aus taktischen Gründen nicht leisten konnte, weiße Mitglieder zu haben.

Ich war der Liberalen Partei nicht beigetreten, aber ich arbeitete im COD, nicht eigentlich mit Max, sondern mehr im Hintergrund; ich druckte Propagandamaterial für den African National Congress und dergleichen. Man schließt seltsam intensive Freundschaften, wenn man mit der Angst und Aufregung von Polizeirazzien im Rücken arbeitet. Ich glaubte an das, was ich tat, und an die Menschen, mit denen ich es tat. Ich hatte zweifellos genügend Mut, um dem gewachsen zu sein, was damals vonnöten war – vor dem Gesetz der »90-Tage-Verhaftung« –, und ich schränkte meine Aktivitäten nur Bobos wegen ein. Auch andere hatten natürlich Kinder, und sie setzten ihre politische Arbeit an die erste Stelle, aber angenommen, wir wären beide verhaftet worden, Max und ich, dann hätte es buchstäblich niemanden gegeben, der sich um Bobo gekümmert hätte, außer Daphne, denn allein der Gedanke, die Van Den Sandts oder meine Eltern könnten ihn zu sich nehmen, hätte für mich bedeutet, ihn wirklich im Stich zu lassen.

Ich rede um die Dinge herum. Nach all diesen Jahren und weil Max ertrunken ist. Es ist, wie wenn man sich für ein Begräbnis einen Hut aufsetzt, die alte schäbige Konvention, daß man lügen muß über Menschen, nur weil sie tot sind. Tatsache ist, daß niemand für Bobo verantwortlich war außer mir. Max war unfähig, andere Bedürfnisse wahrzunehmen als die eigenen. Meine Mutter nannte diese Unfähigkeit einmal »schreckliche Selbstsucht«; in Wirklichkeit aber war es die unwiderrufliche Prägung durch sein Elternhaus, das sie so sehr bewundert hatte und von dem er für ihre Begriffe eine verrückte Abirrung darstellte. Er wurde bei den Van Den Sandts wie ein Prinz in einem Turm gehalten: täglich vom Chauffeur in die Schule gebracht und wieder nach Hause, dann aus den Räumen ausgeschlossen, wo die Erwachsenen bei ihren Besprechungen und Gesellschaften waren. Nicht einmal die Armut machte ihn frei; und wir waren arm genug. Er hatte die wenigen Bedürfnisse des Fanatikers und erwartete, daß sie erfüllt wurden. Er kaufte ein Paar Schuhe oder Bücher oder Brandy auf Kredit und wurde auf überhebliche Weise zornig, wenn man ihn zum Zahlen aufforderte; oder er setzte voraus, daß ich mich um diese Dinge kümmerte. Max wußte ganz einfach nicht, was es hieß, mit anderen zu leben; er kannte uns alle ungefähr so, wie er Raskolnikow, Emma Bovary, Dr. Copeland und Törless von den einsamen Lesestunden hinter der verschlossenen Tür seines Zimmers auf der Farm kannte. Er konnte stundenlang dasitzen und mit viel Verständnis und einer Mischung aus Neugier und Mitgefühl die Probleme und Standpunkte eines Menschen analysie-

ren, aber er bemerkte nicht, daß dieser Mensch erschöpft war. Und er vergaß es auch, wenn dieser Mensch erwähnt hatte, daß er zu einer bestimmten Zeit den Zug zurück nach Hause erreichen müsse. Er nahm Bobo häufig mit nach Fordsburg, wo er von den Töchtern eines personenreichen indischen Haushalts bewundernd herumgereicht wurde, und dann ging er weiter zu irgendeinem anderen Haus oder Hinterhofzimmer, weil er irgendeine Bekanntschaft, die er vielleicht am Abend vorher gemacht hatte, weiter verfolgen wollte, und ließ Bobo in irgendwelchen Armen, bei irgendwelchen Gesichtern zurück, die das Kind nie zuvor gesehen hatte. Einmal war Fatima am Telefon, um mir zu sagen, daß die Mutter eines Fuhrunternehmers aus Noordgesig, einem Township, bei ihr angerufen hatte, um meine Nummer zu bekommen, weil Bobo schrie und sie nicht wußte, was sie ihm geben sollte. Max war mit ihrem Sohn und Fatimas Bruder weggegangen, hatte Bobo zurückgelassen, wie früher ein Fahrrad oder ein Spielzeug auf dem Rasen der Van Den Sandts, um es von den Dienern wegräumen zu lassen.
Ich versuchte Myra Roberts, einer Frau, die mir die einzige »seligmachende Gnade« zu besitzen schien, die es gibt – ein natürliches Empfinden der Verantwortung für Fremde wie für die eigene Familie und für Freunde –, zu erklären, daß der COD Bobos wegen nicht mit beiden von uns, Max und mir, rechnen konnte. Sie sagte: »Oh, wir sind sicher, daß wir mit Ihnen

rechnen können!« – und der Nachdruck brachte erst mein Gesicht zum Glühen und dann ihres. Eine Weile verhielt ich mich ihr gegenüber ein wenig kühl, um den Verrat dieses Errötens wiedergutzumachen.

Und dennoch hätte Max alles getan. Genau das war irgendwie das Problem. Wenn ihm eine Aufgabe übertragen wurde, führte er sie immer einen Schritt über ihr geplantes Ende hinaus aus. Wurde er beispielsweise aufgefordert, einen Leitartikel nach bestimmten Richtlinien zu schreiben (er arbeitete für das Nachrichtenblatt), ging er in seinen Schlußausführungen über das vorgegebene Maß hinaus. Er schrieb gut und wäre gerne Chefredakteur des Nachrichtenblattes geworden; hätte die Leitung sicher sein können, daß er es nicht dazu benutzen würde, seine eigene Linie zu verfolgen und sie festzulegen, wo sie sich lieber nicht festlegen wollten, hätten sie ihn wahrscheinlich zum Chefredakteur gemacht. In den Ausschußsitzungen saß er schweigend und angespannt da, ganz erfüllt von dem Wunsch, etwas zu tun, schäbig aussehend in seiner studentischen Nonkonformistenuniform, zu der verschlissene *veldskoen* gehörten und ein blonder Bart, eine nervöse Hand über dem Mund. Während sie sprachen – die Erfahrenen, die wußten, daß jedes Wort, jeder Schritt zuviel vermieden werden mußte, um nicht zu riskieren, daß die Organisation verboten wurde –, wanderten seine hellen Augen von einem zum anderen. Und wenn sie fertig waren, stürzte er sich sofort auf das Aktionsprogramm: »Ich treff mich morgen sowieso mit den Leuten von der Gewerkschaft – ich werd mit ihnen reden.« »Das ist eine Sache, die nur mit den Führern der Jugendgruppen gemacht werden kann. Wir müssen uns mit Tlulo und Mokgadi zusammensetzen, Brian Dlalisa und diesen Kanyele müssen wir da raushalten –« Eine fiebrige Ungeduld war in ihm, ausgelöst von dem Gefühl, daß er, was immer in der Zusammenarbeit mit Weißen wie ihm auch getan wurde, letzten Endes außerhalb der Townships, der Gefängnisse, der Arbeitertrupps und der überfüllten Züge war, wo sich das Herz der Dinge befand.

Aber die anderen entschieden, wer was tun sollte, und sie wußten am besten, wer mit wem Kontakt aufnehmen sollte. Und wenn er dann heimkam, glühte er von angestauter Spannung. Seine Pflichtlektüre, Bücher über Geschichte, Philosophie und Literaturkritik, lag herum (ich las sie, während er bei Treffen saß); was um alles in der Welt hätte er auch mit einem Magister der Philosophie angefangen? Es wäre nur eine Sackgasse gewesen; nicht mehr als das für den Sohn eines reichen Mannes standesgemäße Symbol für den Besuch einer Universität. Vielleicht hätte er etwas schreiben können – er besaß Leidenschaft und Phantasie; es gab Versuche, aber er brauchte das gemeinsame Engagement, die tägliche Zusammenarbeit mit anderen zu sehr, um die innere Sammlung aufzubringen, die ein Schriftsteller, glaube ich, wohl braucht. Er hätte Anwalt werden können; aber die akademischen Berufe waren ein fester Bestandteil des Clubs der Weißen, dessen Mitgliedskarte auf Lebenszeit, sein einziges Geburtsrecht, er zerrissen hatte. Er hätte auch Politiker werden können (immerhin lag es in der Familie), wären politische Ambitionen außerhalb der Erhaltung der weißen Macht anerkannt gewesen. Er hätte sogar ein guter Revolutionär werden können, hätte er ein wenig mehr Zeit gehabt, sich politische Disziplin anzueignen, bevor alle radikalen Bewegungen verboten wurden.

Es gibt Möglichkeiten für mich, gewiß, aber unter welchem Stein liegen sie?

Max brachte einen Mann namens Spears Qwabe mit nach Hause. Einen versoffenen, ungezwungenen Typ, Ex-Lehrer, der mit leiser, heiserer Stimme sprach. »Das Gefährliche an dem Ganzen ist, daß wir uns nicht drum kümmern, was nach dem Kampf kommt, wir denken nicht genug darüber nach, was auf der anderen Seite ist. Du mußt wissen, wohin du gehst, Mann. Frag irgendeinen von den Typen in der Stadt, was er glaubt, wovon wir leben werden, wenn wir mit den Weißen abgerechnet haben. Er macht verträumte Augen und glaubt, er wird ein Auto haben und einen Job mit Schreibtisch, und das wär's dann. Die gleiche alte Inszenierung, nur daß er in keinem Township sitzen und keinen Ausweis mit sich rumtragen wird. Nicht mal die politische Clique weiß, wohin sie ideologisch geht. Der ANC holt sich Rat bei den *Commies* und ist bereit, ihre Kampfstrategien zu übernehmen, gut, okay, aber abgesehen von den paar Typen, die in erster Linie Kommunisten und erst in zweiter Linie Afrikaner sind, wer glaubt schon, daß der ANC eine Gesellschaft nach orthodoxen kommunistischen Richtlinien will? Sie haben keine soziale Doktrin – ja, gut, du kannst mit der Freiheitscharta wedeln, aber wie weit kommst du damit ...? Und mit dem PAC, dem Pan African Congress, ist es das gleiche. Sie denken einfach nicht über den Kampf hinaus. Und wenn sie's tun – ohne Übertreibung, was glaubst du, was sie denken? Auf was läuft es denn hinaus? Hör ihnen zu, wenn sie im Schlaf reden, und du wirst hören, daß sie nichts anderes wollen, als das Ganze, so wie es ist, übernehmen – die ganze Sozial- und Wirtschaftsstruktur der Weißen, Mann, den ganzen Ramsch. Ein schwarzes kapitalistisches Land mit vielleicht – ich sag vielleicht – verstaatlichten Bergwerken als Geste: ›Die Bodenschätze, die Banken und die Monopolindustrien werden zur Gänze in das Eigentum des Volkes übergehen.‹ Nette Lyrik. Aber wie werden sie wirklich eine gerechte Verteilung dessen, was wir haben, ausarbeiten? Hörst du irgendwen vernünftig darüber reden? Gibt's irgendwen, der sich drum kümmert? Und warum sollten wir irgendeine vorfabrizierte Lösung aus dem Osten oder Westen übernehmen?«

»Das wirst du weitgehend müssen, ob du willst oder nicht, weil du verschiedene Institutionen des Ostens und Westens übernehmen wirst, nicht? Oder willst du zum Tauschhandel und zum Muschelgeld zurück?« Max wollte ihn ein bißchen provozieren, ihn vorführen.

»Aber keine Spur – menschliche Institutionen sind adaptierbar, oder? Wir müssen uns als industrialisiertes Volk betrachten, das aus dem von der Industriegesellschaft des neunzehnten Jahrhunderts übernommenen kapitalistisch-kommunistischen Schema ausbrechen und sich ein neues schaffen kann. Einfach ausbrechen.« Er redete lange an diesem ersten Tag, an dem er da war, aber vielleicht ist mir manches, was er in meiner Erinnerung damals gesagt hat, in Wirklichkeit aus späteren Zeiten in Erinnerung. »Wir wollen einen modernen demokratischen Staat, okay? Mit dem Stammessystem wird das verdammt schwierig werden, sogar hier, wo es von den Weißen ohnehin so gut wie vernichtet wurde, auch wenn die jetzige Regierung es mit den *Bantustans* und so wieder hochspielt. Wir müssen die demokratischen Elemente des Stammessystems nehmen und sie einer neuen Doktrin des praktischen Sozialismus einverleiben, sie dafür nutzen. Sozialismus aus Afrika und für Afrika. Wir brauchen nicht in den Westen oder Osten zu gehen, um was über die Übel des Monopols zu erfahren, Mann – das Land hat immer dem Stamm gehört, die Weiden haben dem Stamm gehört. Uns braucht man nichts zu erzählen über die Verantwortung für das Gemeinwohl, bei uns hat sich immer jeder um jeden gekümmert und um die fremden Kinder genauso wie um die eigenen. Das alles muß in ein neues Nationalethos eingebracht werden, verstehst du? Der Geist unseres Sozialismus wird von innen kommen, von uns, die technische Realisierung von außen.«

Dann begann Max plötzlich in unseren Büchern und Zeitungsbergen zu wühlen und überreichte ihm Nyereres Buch.
»Ja, ja – ich weiß –, aber der afrikanische Sozialismus kann nicht die Arbeit eines Mannes sein. Die Doktrin des afrikanischen Sozialismus muß von verschiedenen Denkern geschaffen werden, die alle ihr Teil dazu beitragen. Wir müssen sie zu Papier bringen, Mann. Wir haben politische Helden, aber keine Denker. Mbeki, ja, okay, vielleicht. Wir werden 'ne Menge politischer Märtyrer haben, noch eine ganze Menge mehr; aber keine Denker! Wir müssen es zu Papier bringen, Mann!«
Wenn Max an etwas sehr interessiert war, hatte er eine Art, vor dem Menschen zu stehen, mit dem er sprach, als mache er sich buchstäblich für einen Schlagabtausch bereit. Ich weiß noch, wie er vor dem Mann in dem schmutzigen Regenmantel stand (selbst am heißesten Tag war etwas von der Verlassenheit eines regnerischen Drei-Uhr-Morgens um Spears) und sagte: »Ja … aber die beiden müssen zusammenfließen, der afrikanische Sozialismus muß die Philosophie des Kampfes sein, er muß *jetzt*, im Kampf, gegenwärtig sein – wenn er irgendeine Bedeutung haben soll –«
Ich mochte Spears. Er trank, aber obwohl er sich manchmal nicht mehr auf den Beinen halten konnte, verlor er nie die Kontrolle über seine Zunge. Er hatte eine kleine Anhängerschaft, und sie begannen sich »Umanyano Ngamandla« zu nennen – was soviel heißt wie »Laßt uns an einem Strang ziehen« –, um sich als

afrikanisch-sozialistische Bewegung einen populären Namen zu geben. Die meisten Mitglieder waren Männer, die vom African National Congress oder vom Pan African Congress abgesprungen waren. Max wurde ihr Guru, oder Spears der seine; es spielt keine Rolle. Der COD hörte auf, in Max' Bewußtsein zu existieren, er schaffte es nicht einmal, Arbeitsunterlagen, die er noch zu Hause hatte, ordnungsgemäß zurückzugeben. Ich weiß noch, daß ich unsere Sachen durchwühlte, um sie zu finden, aber die Monate vergingen, wir zogen um, und ich kam in immer größere Verlegenheit, wenn ich danach gefragt wurde. Ich arbeitete weiterhin für den COD, weil ich der Meinung war, daß Max unrecht hatte – es erschreckte mich, wie er die Leute, mit denen wir dort zusammengearbeitet hatten, einfach *vergaß*. Aber ich begann in der Arbeit des COD, wenn schon nicht in meinen Freunden, die die Arbeit machten, Grenzen zu sehen, die in der Natur einer solchen Organisation lagen und immer dagewesen waren: ich wollte, daß Max recht hatte.

Spears war fast immer bei uns. Er und Max formulierten seine Methodologie des afrikanischen Sozialismus. Max sah sie als eine Serie von kurzen Abhandlungen, die auf jeden Fall zum Handbuch, wenn nicht gar zur Bibel der afrikanischen Revolution werden würde. Wir müssen es zu Papier bringen, Mann. Dieser Satz war zugleich das Motto, nach dem Spears lebte, und das Netz von Schlagwörtern, in dem er seine Motivation zu sammeln suchte, wenn er trank; man konnte über ihn lachen, wenn er es im Suff ständig wiederholte, einfach drauflos lachen über seine Schwäche; aber es war wie der Name eines Gottes, den es in seiner Allmacht nicht erschüttert, ob er als Fluch oder Segensspruch benutzt wird. *Wir müssen es zu Papier bringen, Mann.* Ich hörte es ununterbrochen. Es war der rhythmische Schwerpunkt in seinem stark gefärbten Englisch, der die politischen Klischees, die aus dem Xhosa übernommenen grammatischen Konstruktionen und die wörtlichen Übersetzungen aus dem Afrikaans unterteilte.

Und trotzdem sah er das »Zu-Papier-Bringen« nicht ganz in dem wörtlichen Sinn, in dem Max es sah, dem Max sich nicht entziehen konnte. Max plante Punkt für Punkt, Kapitel für Kapitel (eine Weile dachte er daran, das Ganze in der Form platonischer Dialoge zu schreiben); aber das Denken Spears' brach wie Lava hervor, die, zum Vorgang des Notizenmachens abgekühlt, schwer in ihre Komponenten Argumentation und Analyse zu zerlegen war. Max und Spears redeten bis tief in die Nacht hinein, und am Tag schrieb Max und redigierte aus dem Gedächtnis oder an Hand seiner Notizen. Das war die Zeit, in der ich von der Arbeit heimkam und einen brüllenden Bobo mit einem zurückschreienden Max vorfand. Er hatte den ganzen Nachmittag den Unterbrechungen und lärmenden Spielen des Kindes zum Trotz zu arbeiten versucht. Max' Gesicht war die Maske eines hysterischen, frustrierten Kindes. Ich nahm Bobo und ging mit ihm in

den Straßen spazieren, aber ich konnte nichts für Max' Gesicht tun.
Stundenlang stand er aufgepflanzt vor Spears und debattierte, er konnte nicht ruhig in einem Sessel sitzen bleiben. Spears war konzentriert, aber ganz ohne die Spannung von Max; er konnte ebensogut auf dem Küchentisch sitzen und reden, während ich Würstchen briet oder während Bobo an ihm hochkletterte und seine Schultern als Straße für ein Spielzeugauto benutzte. Er nannte mich gern *»Honey«*, und ein- oder zweimal, als er nur wenig betrunken war, machte er sich in der Küche an mich heran, aber ich sagte ihm, daß ich den Geruch von Brandy nicht leiden konnte, und er knetete bedauernd meine Hand und sagte: »Vergiß es, *Honey*.« Ich glaube, der Brandy hatte die Lust auf Frauen größtenteils aus ihm herausgespült, aber was noch davon übrig war, war eine vage, beiläufige Zärtlichkeit, auf die Bobo und ich reagierten. Und Max. Max am meisten. Da stand er mit beschwörender Eindringlichkeit vor ihm, protestierte, argumentierte, drängte – es war nicht nur die Entschlossenheit, alles *zu Papier zu bringen*, die Max dort festhielt; es zog ihn unwiderstehlich hin zu etwas, was niemals zu Papier gebracht werden konnte, was Spears nicht zu Papier zu bringen brauchte, weil es sein war – eine Identität, die er mit Millionen seinesgleichen teilte, eine Fülle, zu der er privilegiert war durch den Mangel an allem, womit man Max überhäuft hatte. Manche von den Weißen, die ich kenne, wünschen sich die Unschuld der

Schwarzen; diese Unschuld, die einem, selbst in der Korruption, den Status des Opfers gibt; aber nicht Max. Und jeder kennt die Weißen, die aus einem Schuldgefühl heraus den Wunsch haben, die Schwarzen »lieben« zu dürfen; oder diejenigen, die den Wunsch haben, sie »lieben« zu dürfen, um von der Norm abzuweichen, sich abzuheben. Max war keiner von diesen. Was er wollte, war ihnen nahezukommen; und in diesem Land ist das Volk – in aller zusammengedrängten Wärme, die in dem Ausdruck liegt – nun einmal schwarz. Mit anderen Weißen, selbst Ausgesuchten seiner Art, beiseite geschoben, fühlte er sich immer noch ausgeschlossen und erlebte, wie aus der Isolation seiner Kindheit die Isolation seiner Hautfarbe wurde.

Ich weiß nicht, ob Max mich liebte. Natürlich wollte er mit mir schlafen. Und er wollte mir gefallen – nein, er wollte meine Anerkennung, meine Bewunderung für alles, was er tat. Diese Dinge gehen als Definitionen der Liebe durch; ich wüßte andere, die auch nicht besser oder schlechter sind. Dieses Gefasel, daß man füreinander lebt; es könnte ebensogut sein, daß man für das Bild seiner selbst in den Augen des anderen lebt. Irgend etwas hält zwei Menschen zusammen; soweit würde ich gehen und nicht weiter. »Liebe« ist der Begriff, der mir dafür gegeben wurde, aber ich könnte nicht behaupten, daß er immer zu meinen Erfahrungen paßt. Irgend jemand hat auch Bobo den Begriff gegeben; sagte er nicht: »Es tut mir leid, daß ich ihn nicht geliebt hab?« Was meinte er? Meinte er, daß er seinen Vater nicht gebraucht hatte? Oder daß er seinen Vater nicht am Sterben gehindert hatte?

Ich wollte mit Max schlafen, und ich wollte ihm die Anerkennung geben, die er suchte, ich wollte ihm gefallen. Aber ich war keine von diesen Frauen, die zusehen wollen, wie ihr Mann langsam die Gehaltsskala hinaufklettert. Was ich wollte, war, daß er *das Richtige tat, damit ich ihn lieben konnte.* War das Liebe?

Max war wunderbar im Bett, weil Zerstörung in ihm war. Eine Form der Leidenschaft; dämonischer Sex; ich habe das seither auch mit anderen gehabt. Nach jedem Orgasmus kam ich mit dem Gedanken zu mir: So könnte ich sterben. Und natürlich war es genau das, jedesmal, die Vernichtung des Schweigens und der Mißstimmungen, der Ärgernisse und Frustrationen des Tages. Wir zogen viermal um in den ersten drei Jahren, jedesmal weil die Situation wieder einmal untragbar geworden war – mit einem Kind in einer Einzimmerwohnung; mit Kind und Arbeit in einer Zweizimmerwohnung; keine Chance, uns von meinem Gehalt eine größere Wohnung leisten zu können; Besuche von Afrikanern im Haus verboten – und nie war genügend Zeit und Geld da, die neue Wohnung mehr als bewohnbar zu machen. Alles passierte zu früh für uns; bevor wir genügend Stühle beisammen hatten, begannen die ersten, die wir gehabt hatten, schon auseinanderzufallen.

Es war Felicity Hare, die die Kisten, in denen unser

Zeug in ein umgebautes Nebengebäude in irgend jemandes Hinterhof gebracht wurde, mit Baumwollstoff bezog, den sie aus Kenya mitgebracht hatte. Wir benutzten sie als Schränke und Tische. Wir hatten Platz dort, und sie wohnte eine Zeitlang bei uns – eine große junge Frau mit einem roten Gesicht, frisch aus Cambridge, die in Afrika »irgendwas tun wollte«. Sie war auf Empfehlung von Freunden von Freunden von Staatsgebiet zu Staatsgebiet durch den ganzen Kontinent gereicht worden, ständig in Gefahr, entweder von einer britischen Kolonialregierung abgeschoben zu werden, wenn sie sich zu sehr mit den afrikanischen Nationalisten anfreundete, oder bei einem britischen Konsulat Schutz suchen zu müssen, wenn afrikanische Regierungen ihre Ausweisung wünschten, weil sie sich zu sehr mit Mitgliedern ihrer Opposition anfreundete. Sie trug Shorts und folgte einem von Zimmer zu Zimmer und redete auf einen ein, egal, was man tat, wobei sie sich auf irgendein Bord oder eine Tischecke hochzog, die zu klein für sie waren, die kolossalen, marmorierten Beine zu einem gewaltigen Fleischsockel übereinandergelegt. Ihre Konversation war wirr und hatte etwas Verschwörerisches – »Also eigentlich war die Verantwortliche überhaupt keine Amerikanerin, sie war Dänin, und die Mädchen konnten sie nicht ausstehn. Na, sie konnten ja auch nicht verstehn, was sie sagte. Ach, das hab ich ja noch gar nicht erzählt – sie kamen von ungefähr zwanzig verschiedenen Stämmen und haben schon Englisch kaum verstanden. Aber die hatten da was getrickst im Außenministerium – das ist klar –, und eigentlich sollte sie überhaupt nicht dort sein. Also die Mädchen haben absolut nichts gelernt, aber der alte Alongi Senga –« »Wer ist das?« – »Na Senga, der Kulturminister, der blöde alte Bastard, Matthew Ochinua sagt, der will angeblich sowieso nichts anderes tun als die High-Schools inspizieren, damit er die Jungs in den Hintern kneifen kann. Na, jedenfalls hat er Krach mit den Leuten vom Field Service gehabt –«

Die meisten Geschichten endeten mit einem Zucken der Brüste, sie wandte das große Gesicht ab und starrte, als hätte sie sie soeben entdeckt, auf ihre winzigen Hände mit den kleinen, in die prallen Polster der Finger eingegrabenen Schutzschilder abgebissener Nägel. »Na ja … Und das war's dann also für mich …«

Sie machte sich mit Schreibarbeiten für Max nützlich und verbrachte viel Zeit damit, Leute aus dem herauszuholen, was sie »Schlamassel« nannte – hauptsächlich waren das die Nachwirkungen der Parties, zu denen sie ging. Mit ihrem kleinen geborgten Wagen brachte sie die angesammelten Partyleichen nach Hause und blieb die Nacht über bei Mädchen, deren Freunde mit anderen Mädchen abgezogen waren. Sie flickte das Futter von Spears' Regenmantel und fuhr ihn auf seinen komplizierten Missionen. Es kam die Nacht, in der ich aufstand und sie wie für ein Picknick gekleidet, mit einer Spritzpistole bewaffnet vorfand. »Wir gehn Slogans sprühen«, sagte sie. Und sie ging mit einer kleinen Taschenlampe vors Haus, um auf ihre Komplizen zu

warten, wer immer das war. Ich ging zurück ins Bett und erzählte es Max. »Ein Mitternachtsfest für Sunnybunny! O Mann!«, sagte er. Das alberne Wortspiel mit ihrem Namen war seine Erfindung; er und Spears schäkerten mit ihr auf die kameradschaftliche Art, mit der Männer oft unattraktive Mädchen necken. Ich sagte: »Spears sollte sie nicht aufziehen, sie wird sich in ihn verknallen. Sie betet euch beide sowieso an.«
»Warum um alles in der Welt denn nicht? Spears schadet es nicht, und sie braucht einen Mann, unser Sonnenhäschen.«
Sie drängte uns immer, mit ihr zu Parties mitzukommen, aber diese Parties waren von der Art, zu denen weiße Liberale und schwarze Flittchen und harte Jungs gingen, wo jeder aus jedem herauszuholen versuchte, was er konnte. Es überraschte mich, daß Max ein- oder zweimal nicht abgeneigt schien, hinzugehen. Die Arbeit, die er und Spears machten, ging schlecht voran; Max fand Spears voller Ausflüchte. Trotzdem wurde es mit der Zeit zu einer Art Fimmel für die drei – Max, Spears und Sunbun –, bei diesen Parties als sonderbares Trio zu erscheinen. Ich fiel aus, weil ich nicht bis drei Uhr früh durchhalten konnte, ohne viel zu trinken, und wenn ich zuviel trank, konnte ich am nächsten Tag nicht arbeiten; wenn Max und Spears mit ihrer Arbeit nicht weiterkamen, dann lieferten ihnen die Parties zumindest eine Ausrede.
Oft, wenn ich vom Labor nach Hause kam, saß Max wartend herum, um Spears mit seinem Warten zu be-

strafen, wie ein Kind, das glaubt, daß es den Erwachsenen bestraft, der nicht einmal wahrnimmt, daß er der Gegenstand des Grolls ist. Wenn Bobo in der Küche die Stimme erhob oder im Bad kreischte, warf Max mir einen seiner vorwurfsvollen Blicke zu. Die Ruhe weißer Mäntel und täglicher Routinearbeit, die das Leben auf einen sauberen Abstrich unter einem Mikroskop reduziert, strömte von mir aus wie der Schankgeruch vom Atem eines Trinkers.

Felicity war meistens irgendwo in der Nähe, gewichtig und zugleich zurückhaltend. »Also ich war schon richtig verzweifelt, er ist den ganzen Tag nicht aufgetaucht. Ich bin dann unter einem Vorwand weg und hab mich umgesehen, aber keiner wußte, wo er ist.« Sie sprach zu mir außerhalb von Max' Hörweite, als dürfe er nicht mitbekommen, wie über seinen Zustand geredet wurde. Und dann kam Spears, und es änderte überhaupt nichts am beiläufigen Ton seiner Ausreden und Entschuldigungen, ob Max zornig und beleidigt war oder ob seine Stimmung plötzlich in warme gute Laune umschlug und er sich benahm, als hätte er Spears nicht früher als in eben diesem Augenblick erwartet. Eines Abends, als dies geschah – daß Spears endlich doch kam und Max' Stimmung sich plötzlich hob –, sprang Max im Zimmer herum wie ein von der Flut erfaßter und vom Strand weggespülter Korken, öffnete Bierflaschen, bot Käse auf der Spitze eines Messers an, redete, ordnete Papiere, und plötzlich richtete er das Messer auf Felicity und sagte vergnügt und mit gespielter Ungeduld: »Na komm schon, heb deinen fetten Arsch, Sunbun, du weißt ja wohl, wo du die Liste hingetan hast, die ich dir gegeben hab –«

Er redete immer so mit ihr, und es überraschte mich, daß sie diesmal in Tränen ausbrach. Ich begriff plötzlich, daß er mit ihr geschlafen hatte.

Da stand er mit der auf sie gerichteten, vom Käse verschmierten Stahlklinge, und sie lief aus dem Zimmer, und ihre Fleischmassen – Hintern, Brüste – bebten; es war irgendwie ergreifend, als wäre ein armes, friedlich grasendes Tier von einem Speer getroffen worden. Ich lief ihr nach und rannte in Daphne hinein, die ein frisch gebügeltes Kleid in der Hand hielt, das sie ihr offenbar hatte geben wollen. »Ich nehm es«, sagte ich schnell.

»Warum weint sie denn?« Daphne hob das Kinn, ich sollte wissen, daß sie es auch wußte.

»Sie hat mich einfach nicht in Ruhe gelassen«, sagte Max. »Es hat nach einer Party angefangen, und betrunken war ich außerdem. Sie erstickt dich einfach unter ihren verdammten Riesentitten, du mußt dich freikämpfen, und so kommt man am leichtesten frei.« Man konnte nicht eifersüchtig sein auf Felicity, das war richtig. Wäre sie eine Frau gewesen, auf die ich eifersüchtig gewesen wäre, wäre es anders gewesen. Aber es gab nur einen Grund, warum Max mit ihr geschlafen hatte. Er wußte es, und ich wußte es. Er brauchte Bestätigung und Bewunderung so sehr, daß er bereit war, mit einer guten Nummer dafür zu bezahlen. Ich hätte es ihm verzeihen können, wenn er mit einer Frau geschlafen hätte, die er begehrte, aber ich konnte ihm die Erniedrigung in ihrem großen bebenden Körper nicht verzeihen, als sie aus dem Zimmer lief. Ich mußte immer daran denken, wenn wir uns liebten. Und ich konnte es ihm nicht sagen, weil ich selbst ihm die Bestätigung und Bewunderung nicht geben konnte.

Max lehnte die Erfolgsmaßstäbe der Van Den Sandts ab, aber in gewisser Weise triumphierten sie in ihm; sie hatten ihm den Hunger nach Erfolg vererbt wie ein Familienmerkmal, eine Nase oder ein Kinn. Er wog nicht viel auf ihrer Waage, aber er hatte sich dieses rachsüchtige Bedürfnis bewahrt, *anerkannt zu werden.* Es kam von ihnen: dieses Verlangen, es jemandem zu zeigen. Was? Seine Ziele waren nicht vorzeigbar wie Geld oder Prestige. Warum ist es so, daß diese Menschen immer siegen, und sei es auch nur durch Zerstörung?

Oh, es gab andere Frauen. Als er 1960, während des Ausnahmezustands, in den Untergrund ging, lebte er mit Eve King zusammen, in deren Haus er sich versteckte. Und davor war diese Geschichte mit Roberta Weininger – die schöne Roberta, sie steht schon seit einer Weile unter Hausarrest. Diese Liebesaffären haben mir weh getan, und ich hatte in diesem Zusammenhang selbst ein oder zwei Abenteuer. Wahrscheinlich wollte ich das Gleichgewicht wiederherstellen – so eine Art Notmaßnahme. Aber auch das war der Einsatz von Mitteln, bestimmt für eine Situation, die sehr wenig mit der Wirklichkeit unserer Situation zu tun hatte.

Hätte ich doch nur gewußt, daß es keine Rolle spielte, wie viele Frauen Max hatte; es machte keinen Unterschied. Ob er eine Frau wirklich lieben konnte, mich oder eine andere, war nicht entscheidend für ihn. Spears ging ebenfalls in den Untergrund, aber andere Mitglieder von »Umanyano Ngamandla« wurden verhaftet, und als sie wieder aus dem Gefängnis kamen, zerbrach die Bewegung; die meisten von ihnen, auch Spears, schlossen sich wieder dem ANC an, der damals verboten und zu einer Untergrundbewegung geworden war. Die Unterlagen zur Methodologie des afrikanischen Sozialismus waren vor den Razzien, die die Sicherheitspolizei in unserem Häuschen im Hinterhof vornahm, sicher gewesen, weil ich sie in einen Wäschesack gestopft und die ganze Zeit im Labor versteckt hatte. Als Spears mich eines Tages besuchte, sagte ich ihm, daß sie unversehrt waren; er lächelte; die Tage der Arbeit an der Methodologie gehörten in eine andere Zeit. Jahrzehnte, Epochen, Jahrhunderte – sie bedeuten nicht viel, jetzt, wo die Verhängung eines Notstandsgesetzes oder eine Bombe das Leben an einem einzigen Tag tiefgreifender verändern, als man es üblicherweise für ein ganzes Menschenleben erwarten mag. Spears trank nicht mehr. Er kam auch nicht mehr oft, ebensowenig wie William Xaba, ein anderer Freund, der früher bei uns aus und ein gegangen war. Es gab eine Tendenz in den Reihen politisch aktiver Afrikaner, sich weißen Häusern fernzuhalten, gleichgültig, wem sie gehörten, und Freundschaften mit Weißen, ja, auch nur die Nähe zu Weißen, als Teil des weißen Privilegs abzulehnen. Max war damals für drei Monate, die sich zu sechs ausdehnten, in Kapstadt, wo er für ein neues radikales Blatt arbeitete, dessen Redakteure ebenso schnell ersetzt wurden, wie die Regierung sie bannte. Zu Weihnachten fuhr ich mit Bobo zwei Wochen hinunter, und wir gingen jeden Tag zu dritt auf dem Weg oben auf dem Kliff spazieren, hoch über dem Meer, aus dessen Tiefen das Seegras seine Polypenarme nach oben streckt. »Da schau. Da schau«, drängten wir Bobo, aber sein Kinderblick folgte nur dem Finger und sah nicht über sein Ende hinaus. Ich frage mich, ob es die Unterlagen zur Methodologie des afrikanischen Sozialismus waren, die Max in dem Koffer mit sich hinunternahm.

Zwischen heliographischen Blitzen von Sonne auf Wasser, unentziffert, sind da immer noch Dinge, die gesagt wurden. »Mein Gott, wenn man sich nur ansieht, wie afrikanische Frauen leben! Die verstehn zu warten. Und sich und ihre Kinder zusammenzuhalten. Von denen kann man alles lernen, worauf es ankommt.« Ja, er hatte recht; ich war eine Amateurin, was Einsamkeit, Stoizismus, Vertrauen betraf. »Wenn du je etwas erreichen willst, mußt du es vielleicht ganz allein tun«, sagte ich einmal, denn ich wußte, daß er nur noch Geringschätzung übrig hatte für das Blatt, für das er arbeitete. Er sah bereits (während ich hinunterblickte auf das Seegras im Wasser, das mich an Blumen in einem gläsernen Briefbeschwerer erinnerte) das Ende

dieser Arbeit – wie bei allen anderen Dingen, die er begonnen hatte. Er antwortete nicht.
Es war das letzte Mal, daß wir wirklich zusammenlebten. Er kam zurück nach Johannesburg, wir wurden schließlich geschieden, und er verschwand monatelang und tauchte dann wieder auf. Es ging das Gerücht, er habe illegal das Land verlassen und sei wieder zurückgekommen. Ich wußte nicht, mit wem er seine Zeit verbrachte, von unserem alten indischen Freund Solly hatte ich allerdings gehört, er habe sich für eine Weile mit Leuten zusammengetan, die eine neue revolutionäre weiße Untergrundgruppe organisieren wollten.
Dann läutete um elf Uhr nachts das Telefon, und er sagte: »Liz? Bist du das, Liz? Wenn die Zeitungen rauskommen – bekommst du die Morgenzeitung? Es könnte was Großes drinstehn ... denk dran.«
Niemand weiß das. Keine Menschenseele. Nicht einmal den Anwälten habe ich es erzählt. Auch Graham nicht. Es ist alles, was von Max und mir übrig ist; alles, was es noch gibt zwischen uns. Diese Stimme, wild und ruhig, am Telefon.

Das Wasser deckt alles zu, bald steigen keine Blasen mehr hoch.
Es gab Möglichkeiten, aber unter welchem Stein. Unter welchem Stein?

Max' Bombe, vor Gericht als eine Konservendose, gefüllt mit einer Mischung aus Schwefel, Salpeter und

Holzkohle beschrieben, wurde gefunden, bevor sie explodierte, und innerhalb von vierundzwanzig Stunden war er festgenommen. Andere waren mehr oder weniger erfolgreich, und es fing alles wieder an, und schlimmer als je zuvor; Razzien, Verhaftungen, Inhaftierungen ohne Gerichtsverhandlung. Die Weißen, die nett waren zu ihren Haustieren und Dienstboten, waren schockiert über die Bomben und das Blutvergießen, genau wie sie 1960 schockiert gewesen waren, als die Polizei auf die Männer, Frauen und Kinder vor dem Paßamt in Sharpeville geschossen hatte. Sie können kein Blut sehen; und gaben wiederum jenen, die kein Wahlrecht haben, den menschlichen Rat, daß der anständige Weg zur Herbeiführung von Änderungen der Weg über die Verfassung sei. Die liberal gesinnten Weißen, deren Proteste, Petitionen und offene Kritik nichts erreicht hatten, äußerten sich zur Unfähigkeit der Terroristen und zur verheerenden Sinnlosigkeit ihrer Versuche. Man kann nicht hoffen, den großen Alabasterhintern mit einer Konservendosenbombe vom Thron zu sprengen. Wozu sein Leben riskieren? *Der Wahnsinn der Tapferen ist die Weisheit des Lebens.* Ich hatte es nicht verstanden bis dahin. Wahnsinn war es, o Gott, ja; aber warum sollten die Tapferen unter uns zum Wahnsinn gezwungen sein?
Einige flüchteten aus dem Land, einige wurden in Einzelhaft genommen, und als sie sich zu reden weigerten, wurden sie so lange im Stehen verhört, bis sie zusammenbrachen. Einige redeten. Max wurde vor Gericht

gestellt und zu fünf Jahren Gefängnis verurteilt, aber nach fünfzehn Monaten wurde er zum Kronzeugen aufgerufen, und er redete. Sie schlugen ihn, als er festgenommen wurde, soviel wissen wir, aber womit er später noch konfrontiert wurde, was sie ihm sonst noch von seinem Ich gezeigt haben, das wissen wir nicht – aber er redete. Er redete von Solly und Eve King und dem Mann, der mit ihm verhaftet wurde, er redete von William Xaba und anderen Freunden, mit denen wir jahrelang gelebt und gearbeitet hatten.

Jetzt ist er tot. Er ist nicht für sie gestorben – das Volk –, aber vielleicht hat er mehr getan als das. In seinen Versuchen zu lieben verlor er sogar seine Selbstachtung – im Verrat. Er riskierte alles für sie und verlor alles. Er gab sein Leben auf jede Art, die es gibt; und auf den Grund des Meeres hinabzugehen, ist die letzte.

Es hat nicht viel Zweck, lange bei der alten Dame zu bleiben, meiner Großmutter. Ihr Gedächtnis ist so schlecht, daß es egal ist, ob man eine halbe Stunde mit ihr verbringt oder zwei Stunden, solange sie einen nur sieht. Sie blickt aus ihrer Gleichgültigkeit auf, die die Vergangenheit ist, und findet ein Gesicht in der Verstörtheit der Gegenwart – und das ist so ziemlich alles. Ich machte mir eine Tasse Kaffee, um wach zu werden, und dann fuhr ich durch die Vorstadtsiedlungen zu dem Heim. Es war gerade Pause zwischen den Nachmittagsvorstellungen; Kinder drängten sich vor den Kinoeingängen, schubsten einander und schleckten Eis in der Sonne. An einer Kreuzung mit einer Hauptstraße bot eine heruntergekommene weiße Familie die wartende Autoschlange entlang bunt gefärbten gesponnenen Zucker feil. Im Weiterfahren sah ich Leute auf Tennisplätzen hin und her laufen und auf Bowlingrasen herumstehen. Überall lagen leere rote Bierkartons herum. Würde man mich aus dem Jenseits in diesen Tag zurückholen, ich würde sofort erkennen, daß es ein Samstagnachmittag ist. Die Freude über das Wochenende stand den Menschen im Gesicht geschrieben wie Kindern, die die Hand nach einem Bonbon ausstrecken.

Das Heim ist ein um- und ausgebautes altes Haus im viktorianischen Kolonialstil mit einem Blechdach. Der Eingang ist aus Stahl und Glas, mit tropischen Pflanzen unter indirekter Beleuchtung, aber auf dem Flur im ersten Stock steht ein Bär aus schwarzem Holz, in dessen Armbeugen früher einmal die Schirme abgehängt wurden. Es gibt noch mehr von diesen üppig geschnitzten Gegenständen, mit denen die Neureichen aus Europa vor siebzig Jahren den Wandel ihres sozialen Status vom erfolgreichen Goldsucher zum Grubenmagnaten dokumentierten. Ja sogar ein Buntglasfenster mit dick in Blei gerahmten hustenbonbonfarbenen Irisblüten im Jugendstil ist da.

Ich habe immer schon gefunden, daß das Gebäude etwas Menschlicheres hat als all die modernen Bauten solcher Institutionen, aber als meine Großmutter hierherkam und noch in der Lage war, sich um solche Dinge zu kümmern, beklagte sie sich, daß es häßlich und altmodisch sei. Sie liebt Plastik – Kunstblumen, Kunstseide, Kunstmarmor, Kunstleder. Sobald man drinnen ist, spürt man nicht mehr, welcher Wochentag ist; immer die gleiche warme Luft, in der ein Hauch von Brennspiritus liegt, der mir bei jedem Besuch auffällt und den ich in der Zeit dazwischen völlig vergesse. Auch keine Jahreszeiten. Frühling oder Winter, es ist

das gleiche. Die Gänge haben einen Bodenbelag, der die Schritte dämpft, und man geht an den weitgeöffneten Türen von Stationen vorbei, wo nicht alle Patienten im Bett sind und auch nicht alle alt – es ist nicht nur ein Altersheim, sondern auch ein Heim für chronisch Kranke. Ich habe einige Gestalten erkennen gelernt, noch bevor ich mir die Gesichter merkte – an der besonderen Haltung, die ein Kranker durch seine Krankheit im Bett oder im Stuhl einzunehmen gezwungen ist. Zwischen den sehr kleinen weißhaarigen alten Damen lag immer noch, auf die Seite gedreht und rauchend, die Diabetikerin, die so lange zum Sterben braucht. Sie hat das wilde Gesicht des Trinkers, das Diabetiker manchmal haben, und sieht aus, als wäre sie einmal hübsch gewesen – wie eine verbrauchte Hure. Aber Krankheit verzerrt oft die Unterscheidungsmerkmale sozialer Kasten; das Heim ist nicht billig, und es ist unwahrscheinlich, daß sie etwas anderes ist als eine Angehörige des ehrbaren Mittelstandes. Das Monster mit dem riesigen Bauch saß mit gespreizten Beinen auf einem Stuhl wie ein aufgeblähter toter Frosch auf einem Teich. Ich habe nie erfahren, was mit ihr los ist.
Vor dem kleinen Zimmer meiner Großmutter stand ein Blumenstrauß in einer Vase auf dem Boden. Anemonen, Freesien und Schneeglöckchen, genau wie meiner.
Ich öffnete leise die Tür und blieb einen Augenblick stehen. Sie saß in einem Sessel, in ihr Gesicht war mit Lippenstift ein Mund gezeichnet, und das Haar, das sie

immer kurz, gefärbt und lockig getragen hatte, war zu einem dürftigen Knoten nach hinten gekämmt. Sie ziehen sie jeden Tag an, und sie hatten ihr sogar ihr dreifaches Perlenhalsband und große Knopfohrringe angelegt. Sie riß die Augen auf, und in dem Licht, das vom Gang hinter mir hereinkam, sah ich, wie der Schrecken ihr Gesicht weitete und die rotgezeichneten Konturen auseinanderklafften.

»Wer ist das!« schrie sie voller Angst.

»Nun seien Sie doch nicht albern, es ist Elisabeth, Ihre Enkelin ...« Die Krankenschwester kam quer durch das Zimmer, das zwischen uns lag, aber ich sagte: »Warten Sie, bis sie mich richtig gesehen hat«, ging hinüber, stellte mich neben sie, wo das Licht vom Fenster auf mich fiel, gab ihr einen Kuß und sagte: »Da bin ich, ich wollte deinen Geburtstag nicht versäumen ...« Sie nahm den Kuß entgegen, dann lehnte sie sich zurück, immer noch beunruhigt, und betrachtete mich forschend. »Das ist Elisabeth, nicht wahr, Elisabeth, mein Schatz ...«, und obwohl die burische Krankenschwester in Beteuerungen und fröhliches Gelächter ausbrach, nahm sie keine Notiz von ihr. Sie winkte mich zu sich herab und küßte mich noch einmal. Dann fuhr sie mit der Hand zum Mund, preßte sie darauf und sagte ärgerlich ins Leere hinein. »Warum hab ich meine Zähne nicht im Mund, wenn Elisabeth da ist. Wo sind meine Zähne?«

»Aber wissen Sie denn nicht mehr, Grannie? Ihr Zahnfleisch war doch heut' früh ganz wund, und darum haben Sie sie nicht nehmen wollen. Warten Sie, ich bring sie Ihnen, ich geb nur schnell ein bißchen was von dem Zeug da drauf ...«

»Wovon redet sie? Geben Sie sie her!« Die alte Dame packte die Hand der Frau, und als sie ihr Gebiß hatte, studierte sie gründlich die beiden Teile, bevor sie sich langsam entschied, welcher nach oben und welcher nach unten zu kommen hatte. Die Schwester plauderte; wahrscheinlich ist es eine enorme Erleichterung, zwischendurch andere Gesellschaft zu haben als die einer senilen alten Dame. »Sie kriegt immer einen Schreck, wenn jemand zur Tür hereinkommt. Ich weiß nicht, warum sie solche Angst hat ... seit sie ein paarmal diese Herzanfälle gehabt hat in letzter Zeit ... ich weiß nicht, was es ist, aber anscheinend glaubt sie, daß irgendwer kommen und sie holen wird ... Ich sag immer«, und jetzt wandte sie sich an meine Großmutter, munter, begütigend, »keiner will Ihnen was tun, Grannie, hier kann Ihnen doch keiner was tun, hab ich recht? Immer wieder sag ich ihr das.«

Ein schwaches, zerstreutes Runzeln der Stirn zeigte, daß die alte Dame ein gewohntes, lästiges Hintergrundgeräusch wahrnahm. Mit ihrem großen, regelmäßigen Gebiß im Mund spricht sie mit hoher, kontrollierter Stimme hinter den Zähnen hervor, um nicht zu nuscheln, aber trotzdem klingt die Stimme belegt und zischend, als spräche sie durch irgend etwas hindurch.

»Und dein Mann? Ist er bei dir, oder wieder einmal unterwegs? Und Bobo? Wie geht's dem Kleinen?«

Sie vergißt, daß ich von Max geschieden bin, und wenn ich ihr sagte, daß er tot ist, würde sie das auch vergessen. In ihrem Zimmer mit den signierten Fotos berühmter Künstler an den Wänden (sie hat ihre eigenen Sachen um sich) sieht es immer aus, als wäre nichts geschehen. Oder als wäre alles längst geschehen. Ich saß unter Jascha Heifetz, mir gegenüber Noel Coward und die eingerahmte Speisekarte von dem Lunch, bei dem sie ihn 1928 kennengelernt hatte, und erzählte ihr, daß ich Bobo am Vormittag gesehen hatte; er wünsche ihr alles Gute zum Geburtstag.

»Hab ich heute Geburtstag?« sagte sie. Und wiederholte es in Abständen, so daß ich immer wieder von neuem erklären mußte. »Wie alt bin ich denn jetzt?«

»Siebenundachtzig.« Ich war mir nicht sicher.

Sie schnitt ein Gesicht wie ein kleines Mädchen, ein Relikt der naiven Pose kultivierter Damen ihrer Art. »Schrecklich. Viel zu alt.«

»... ich hab Geburtstag heute? Das wußte ich nicht ... ich weiß gar nichts.«

Ich tätschelte ihr die Hand, in der man überall den Puls klopfen spürte. Sie lackieren ihr die Nägel rot, wie sie es immer trug, aber es sieht, genauso wie die Perlen um ihren Hals, nicht nach einem vertrauten Schmuck aus, sondern nach etwas, was man mit ihr angestellt hat.

Ich sagte: »Hast du die Blumen gesehen, die ich dir geschickt hab?«, und die Krankenschwester schaltete

sich ein. »Sie will sie nicht im Zimmer haben. Ich hab sie so schön arrangiert, aber sie will sie nicht in ihrer Nähe haben.«
»Warum? – Aber warum willst du denn deine Blumen nicht hier haben?«
Das Gesicht der alten Dame wurde leer.
»Riechen sie zu stark? Magst du den Duft nicht? Es tut mir leid, aber es ist nicht die richtige Jahreszeit für Rosen.« Sie sagte oft, wie sehr sie Rosen liebte – vielleicht, weil sie wenig Interesse für Natürliches hatte, und bei Rosen kann man nichts falsch machen.
»Ja, ich glaub, sie findet den Geruch zu stark. Das muß es sein. Ich hab sie reingebracht und ihr gezeigt, aber sie wollte sie nicht haben!«
Meine Großmutter schaute von der Schwester zu mir. »Wer ist das?« fragte sie mich und deutete auf sie. Ihr Gesicht verzog sich anklagend. Die Schwester begann lächelnd und betulich auf sie einzureden. »*Ag*, Grannie, ich bin's doch, Schwester Grobler ...«, aber meine Großmutter tat die Erklärung mit einem ungeduldigen Zucken der Gesichtsmuskeln ab und sagte zu mir: »Wer ist die Frau? Was tut sie hier?«
Ich sagte es ihr, und sie schien zufrieden; dann fragte sie: »Ist sie gut zu mir?«
Ich sagte, jaja, natürlich ist sie gut zu dir. Die Schwester begann im Wiegenliedsingsang aufzuzählen: »Ich mach das Bett ... ich bade Sie ... ich kämm Ihnen die Haare ... ich mach Ihnen Ihren Kakao ...«, aber für meine Großmutter war sie nicht mehr anwesend. Die

Hände mit den eingesunkenen Höhlen zwischen den Knöcheln zuckten ab und zu; sie haben nie Arbeit verrichtet, und meine Großmutter hat sich immer viel darauf zugute gehalten und reichlich Creme darauf getan. Sie hat ihr Leben lang von Dividenden gelebt (ihr Vater war Ingenieur, Geschäftspartner von *Rhodes and Beit*), aber sie wird – sagt meine Mutter – nichts hinterlassen, die Kosten für ihre Altersversorgung fressen den letzten Rest ihres Kapitals auf. Das Kapital meiner Großmutter war, so lange ich mich erinnern kann, eine Quelle der Erbitterung bei uns zu Hause. Der Vater meiner Mutter hatte keine spezielle Vorsorge für seine Kinder getroffen, und zur gleichen Zeit, als meine Mutter einen mittellosen jungen Mann heiratete, vermählte meine Großmutter sich in zweiter Ehe mit einem Mann, der nicht viel älter war als der ihrer Tochter und für den sie den Großteil dieses Kapitals ausgab, jedenfalls alles, was man von ihr vielleicht als Unterstützung für ihre Tochter hätte erwarten können. Es wäre eine Hilfe gewesen, hätte sie Bobo ein wenig Geld hinterlassen können, aber was soll's. Seltsamerweise hat sie nie die Einstellung meiner Eltern zu der Lebensweise von Max und mir geteilt, und da sie nur eine verschwommene Vorstellung von Max' Mängeln als Ehemann und Ernährer der Familie im Sinn meiner Mutter hatte, nahm sie offenbar an, er sei einfach ein temperamentvoller und eigensinniger junger Mann, so eine Art charmanter Abenteurer (sie hatte einige von der Sorte gekannt) moderner Version; eine Mode, die sie noch nicht kannte.

Meine Eltern waren äußerst erfreut, daß ich in die Familie der Van Den Sandts »einheiratete«, obwohl ich die Würde der Verbindung ein wenig dadurch verdarb, daß ich vor der Hochzeit schwanger wurde. Aber selbst wenn die Leute in unserer kleinen Stadt bedeutungsschwer sagen konnten, daß er mich heiraten mußte, war der Sohn eines reichen Parlamentsabgeordneten trotzdem ein Schwiegersohn, den die meisten von ihnen gerne für ihre eigenen Töchter gehabt hätten. Meine Eltern werden jetzt ebenso erfreut sein, wenn sie erfahren, daß er tot ist. Ist es zu hart, so etwas zu sagen? Sohn eines reichen Parlamentsabgeordneten – das war es, was sie von Max erwartet hatten, und sie haben es nicht bekommen. Aber habe nicht ich, auf meine Weise, auch etwas von ihm erwartet, was er nicht war? In dem Sommer, in dem ich siebzehn war, dem Sommer, in dem ich Max kennenlernte, half ich Weihnachten im Geschäft meines Vaters aus. Ich war bei den Geschenkartikeln: bemalte Untersetzer für Gläser, billige Kuckucks- und Armbanduhren, braune Vasen mit vergoldeten Bogenrändern, japanische Bridge-Bleistifte mit Quasten, deutsche Korkenzieher mit Hundeköpfen, chinesische Ballettfigurinen. Verkäuferinnen kamen und kauften diese Dinge mit dem Geld, das sie in anderen Läden verdienten, die ähnliches Zeug verkauften. Schwarze überlegten hin und her, bis sie sich für eine Uhr entschlossen, die sie aus einem klein zusammengefalteten Bündel von Erspartem bezahlten, und die, wie ich wohl wußte, in einer Woche wieder da sein würde, weil die Dinger nicht ordentlich funktionierten. Ich hatte nie etwas anderes von den Erzeugnissen menschlicher Kunstfertigkeit gesehen als die Sachen im Stoff- und Kleinwarenladen meines Vaters, aber ich wußte, daß es Dinge von größerem Wert geben mußte, und ein Ziel im Leben, das weniger schändlich war, als sie Leuten anzudrehen, die sich nichts Besseres wünschen konnten, weil sie nichts Besseres kannten. Die Schäbigkeit war mein unerträgliches Geheimnis. Und dann fand ich heraus, daß Max alles darüber wußte; daß das Haus, in dem er lebte, und was dort vor sich ging, seine Umgebung, auch wenn sie reicher war und weniger offensichtlich reizlos, ebenfalls Teil davon waren; und daß allem Anschein nach unsere Väter und Großväter, um uns diese Lebensqualität zu sichern, zwei Kriege in der Fremde geführt und in Eroberungskriegen im eigenen Land Schwarze getötet hatten. Wahrheit und Schönheit – du lieber Himmel, ich glaubte, das würde er finden, das war es, was ich von Max erwartete.

Wenn meine Großmutter stirbt, wird Bobo die goldene Uhr ihres Vaters mit Sprungdeckel und Kette erben, die Beit ihm geschenkt hat.

Nach den ersten fünf Minuten mit ihr wußte ich wie gewöhnlich nichts mehr zu sagen. Ich suchte in der tiefen Leere ihres Gesichts nach dem, was dort versunken lag, und holte aus der Erstarrung des Alters ihre frühere Freude an Straßen und Städten hervor und beschrieb einen imaginären vormittäglichen Einkaufsbummel. »Ich hab etwas für den Abend gesucht, weißt du – es wird bald wärmer werden, und ich möchte etwas Leichtes, aber mit Ärmeln ...«

Langsam kam ihre Aufmerksamkeit an die Oberfläche und stabilisierte sich. »Was trägt man denn dieses Jahr? Soll es schwarz sein?«

»Eigentlich nicht, nein. Ich dachte eher an weiß, nicht *rein* weiß ...«

Sie beugte sich vertraulich vor: »Weiß ist nicht gut fürs Gesicht«, sagte sie.

»Ja ... aber naturweiß, etwas Weiches, Einfaches.«

»Ständig in der Reinigung, mein Schatz. Du kannst es nur einmal tragen. Und hast du gefunden, was du wolltest?«

»Ich bin von einem Geschäft zum anderen gelaufen ... es war alles so voll. Man sollte sich wirklich nicht an einem Samstag ein Kleid kaufen wollen. Ich hab dann bei Vola Kaffee getrunken – du weißt doch noch, der Kaffee dort hat dir immer gut geschmeckt. Und erinnerst du dich, wie du mit Bobo zum Essen dort warst und er sich die Brötchen vom Nebentisch geholt hat ...?«

Sehr langsam begann das Lächeln, verzog die Linie des Mundes und breitete sich dann über das ganze leere Gesicht aus, um es noch einmal zu beleben. Wir kicherten miteinander.

»›Grannie, bedien dich.‹ ›Grannie, bedien dich.‹« Die genaue Erinnerung kam hoch; sie zitierte Bobo.

Die Schwester schaltete sich ein. »Na bitte. Sehen Sie,

wie lebhaft sie ist! – Sie können sich so schön an alles erinnern, wenn Sie wollen! Wenn Ihre Enkelin kommt, dann können Sie sich doch *wirklich* nett unterhalten ... Sie werden einfach nur faul hier mit mir allein ...« Sie fuchtelte mit ihren prallen roten Armen, deren Ellbogen spitz geformt waren wie Pfirsichkerne.
Das Gesicht der alten Dame wurde wieder ausdruckslos. Ich plapperte weiter, aber sie betrachtete mich nur mit einem langsamen Blinzeln, halb verwundert, halb nachsichtig. Ich redete, aber sie ignorierte mich mit einer Würde, die etwas Endgültiges, Unerschütterliches hatte; es war nicht zu leugnen, daß ich nichts sagte.
Plötzlich fragte sie: »Was ist geschehen?«
Es gibt nichts zu sagen.
Sie stellt jetzt nur noch die Fragen, die nie beantwortet werden. Ich kann ihr nicht sagen, du wirst sterben, das ist alles. Sie hat all die Dinge gehabt, die erfunden wurden, um das Leben zu erleichtern, aber anscheinend hat man nichts gefunden, um den Tod erträglicher zu machen.
»Was soll ich denn bloß tun, wenn ich nicht mehr ausgehen kann?«
»Vielleicht könntest du raus. Ich könnte einmal mit dir und Schwester Grobler ins Kino gehen.«
»Und wenn ich den Film nicht versteh? – Was soll ich denn bloß tun?«
Mit einem sinnlosen, beruhigenden Lächeln sagte ich zu ihr: »Einfach hierbleiben, ganz ruhig sein ...«

»Aber sag mir, was geschehen ist.«
Ich sagte: »Nichts ist geschehen. Es fehlt dir nichts. Es ist nur das Alter, ganz natürlich, ganz normal. Du bist sechs – siebenundachtzig – ein hohes Alter.«
Bald war die Stunde, die ich mir selbst als Maß gesetzt hatte, vorüber, und ich verabschiedete mich von ihr mit dem üblichen strahlenden Lächeln und dem Versprechen, daß ich nächste Woche wiederkommen würde (sie merkt den Unterschied nicht, auch wenn ich einen Monat nicht hingehe). Sie wiederholte: »Es ist das Alter, das Alter, ein hohes Alter, sagst du ...«
Als ich durch die Tür des Heims ins Freie hinaustrat, hallten mir nach der Stille der Korridore die eigenen Schritte im Ohr, ein schnelles, abgehacktes, energisches Hämmern auf dem Gehsteig, belebend und ... ein wenig grausam. An den Wänden des Viadukts, durch den ich auf der Heimfahrt muß, bemerkte ich wieder das aufgemalte Pfeil-und-Speer-Symbol, das schon lange dort war, die rote Farbe noch nicht ganz verblichen, und eine unfertige Botschaft: FOLTER DAS ENDE. Vielleicht eine von Sunbuns Wandmalereien. Wer immer es geschrieben hatte, er war unterbrochen worden. Es war der Beginn von einem dieser Sonnenuntergänge, wie wir sie seit Monaten haben. Gebäude und Telefonmasten waren wie ausgestanzte schwarze Löcher im wasserfarbenen Himmel, in den frische Farbe lief und sich ausbreitete, höher und höher hinauf. Nie zuvor haben wir in solche Höhen gesehen; jeden Tag steigern die Farben sich bis zu einem hekti-

schen Lila, aus dem dann schließlich die Nacht kommt. Die Menschen nehmen ihre Gläser und setzen sich ins Freie – weniger, um das Licht zu sehen, als um darin zu sein. Es ist überall, es umgibt Gesichter und Haare genauso wie Bäume. Es kommt von einem Vulkanausbruch auf der anderen Seite der Welt, von Staubpartikeln, die bis in die oberen Schichten der Atomsphäre gestiegen sind. Manche glauben, es kommt von Atomtests; aber es heißt, hier in Afrika sind wir sicher vor radioaktivem Niederschlag von der nördlichen Halbkugel wegen der Kalmen, einer Zone, wo die Elemente still liegen und keine Verunreinigung mit sich tragen können.

Graham war da. Er kam um sechs. Ich schnitt gerade Zwiebeln für das Schweinefilet und öffnete die Tür mit dem Messer in der nassen Hand. Ich hatte am Morgen gesagt, ich würde zum Abendessen ausgehen – aber da war nichts zu machen. Da waren meine nach Zwiebel riechenden Hände, die ich steif von mir weghielt. Er hatte meine Zeitung in der Hand, die er von der Türmatte aufgehoben hatte, und während ich an einer kaum wahrnehmbaren Bewegung in den Winkeln seines langgezogenen Mundes erkannte, daß er verstand, sagte er: »Die Amerikaner haben es also auch geschafft. Sie haben einen Menschen im Weltraum herumspazieren lassen – sieh dir das an ...« Da ich die Zeitung nicht anfassen konnte, verdrehte ich den Hals, um mir das Titelbild eines undeutlich erkennbaren, fötusartigen Geschöpfes anzusehen, das durch eine Art Nabelschnur mit einem undeutlich erkennbaren Fahrzeug verbunden war. »Es wäre besser, sie würden Zeitungsfotos nicht in Farben bringen. Schwarzweiß könnte man viel mehr erkennen. So sieht es aus wie irgendwas aus Bobos Comicheften.«

Er spazierte ins Wohnzimmer und schlug die Zeitung auf, während ich die Küchentür schloß und dann im Badezimmer verschwand, um mir die Hände zu waschen. Er las laut die Untertitel und Auszüge aus dem langen Bericht: »Er wurde mehrmals aufgefordert, zum Raumschiff zurückzukehren, aber es schien ihm zu gefallen da draußen ... ›Schluß jetzt mit dem Unfug!‹ kam der knappe Befehl ... Keine Kekse mehr ... Bei Cornmuffins nach Südstaatenart gab es geringere Probleme mit den Bröseln ...« Ich lachte und rief Kommentare durch die Tür, während ich mir die Fingernägel schrubbte. Der Geruch ging nicht weg. Ich rieb mir die Hände mit Creme ein und kehrte ins Wohnzimmer zurück, und er saß in seinem gewohnten Sessel; es war nicht mehr nötig, nicht mehr möglich, eine Entschuldigung oder Erklärung vorzubringen. Nur ich konnte die Zwiebel noch riechen, wenn ich meine Hände nah ans Gesicht heranbrachte.

Er sagte: »Ich bin zu Fuß gekommen. Weißt du, daß man nicht mehr als fünfundzwanzig Minuten braucht?«

»Das ist gut möglich. Es geht ja meistens bergab. Aber wieder rauf! Weißt du noch, damals zu Ostern, als mein Wagen nicht ansprang und ich von dir zu Fuß nach Hause gegangen bin?«

»Wann war das? Warum hab ich dich denn nicht gefahren?«

»Du hattest deinen Wagen diesem Kerl vom Internationalen Juristenverband geborgt, weißt du nicht mehr?«

»Ach ja, Patten. Na gut, ich nehm mir einen Drink, und dann werd ich den langen Heimmarsch antreten, bevor es zu dunkel wird.«

»Nein, ich kann dich heimbringen. Ich hab noch genügend Zeit, mich umzuziehen.« Jetzt, wo ich nichts mehr erklären konnte, war es so leicht, die Lüge aufrechtzuerhalten.

Er lächelte, sagte beiläufig: »Das ist nett«, und erhob sich, um den Whisky aus dem Schrank zu holen. Den Whisky liefert er; ich kann ihn mir nicht leisten. Ich ging hinüber, um die Balkontür zu schließen, denn es wurde kühl. Der Supersonnenuntergang füllte immer noch den Türrahmen, ein romantisches Bild, das das Zimmer gewöhnlich machte. Er sagte: »Es ist wunderschön.«

»Ich gewöhn mich langsam daran.«

Er schaute weiter hin, so daß ich die Tür nicht schließen konnte und wie ein geduldiger Museumswärter wartete, bis er genug hatte. »Noch besser würd es mir gefallen, wenn ein paar Kühe und Liebespaare über Fredagold Heights schwebten«, sagte er. Er hat eine Chagall-Zeichnung im Schlafzimmer; komisch; so wie manche Frauen in ihrem Schlafzimmer einen Marie-Laurencin-Druck hängen haben. Warum nicht im Wohnzimmer? Anscheinend gibt es eine private Vision, eine Version vom Leben, die nicht der in der Öffentlichkeit gezeigten entspricht. Oder zu der die Öffentlichkeit keinen Zutritt hat. Und trotzdem, er hat sich nie für Chagall interessiert, bis ein reicher Klient ihm die Zeichnung schenkte. Dann hängte er sie ins Schlafzimmer.

»Und wenn es radioaktiver Niederschlag ist?« sagte ich.

»Was dann?« Er ist manchmal ein bißchen herablassend mir gegenüber, wenn auch nicht auf beleidigende Art.

»Dann ist es nicht schön, oder?«

»Schönheit hat nichts mit Moral zu tun.« Er lächelte; Gespräche dieser Art waren für ihn »Studentengeschwätz«.

»Wahrheit ist *nicht* Schönheit.«

»Offenbar nicht.«

Ich schloß die Tür, aber ich konnte nicht gut die Vorhänge zuziehen; er saß da, seinen Drink in der Hand, den Sessel so gerückt, daß er den Anblick genießen konnte.

Ich bemerke diese Sonnenuntergänge kaum noch, aber seine Aufmerksamkeit weckte die meine, so wie es die Aufmerksamkeit weckt, wenn jemand in ein Musikstück versunken ist, das man zu oft gehört hat, um es noch zu hören. »Wenn es radioaktiver Niederschlag ist«, sagte ich und starrte hin, weil er hinstarrte, mit dem Blick den Farben folgend, »dann ist es irgendwie schrecklich, daß es so aussieht.«

»Wie sieht es für dich aus?«

Ich konnte keine schwebenden Liebespaare oder Geigen oder Kühe sehen da draußen. »Wie der Hintergrund zu einem riesigen viktorianischen Landschaftsgemälde. Etwas mit einem Zitat darunter und vielen Hinweisen auf die Seele und den Ruhm Gottes und das Unendliche. Etwas, das einen verzierten goldenen Rahmen haben sollte, der neun Kilo wiegt. So ein Ding, von dem man meiner Großmutter, als sie noch ein Kind war, erzählt hätte, daß es schön ist. Du weißt schon, was ich meine. Was hat es mit uns zu tun. Und mit Bomben.«

»Es sieht ein bißchen nach Ansichtskarte aus, aber trotzdem.«

»Alle Abenddämmerungen und Sonnenuntergänge sämtlicher Fotoalben zu einem einzigen zusammengemixt. Die Apotheose aller Ansichtskarten. Stell dir ein Farbfoto davon in einer Fotoausstellung in hundert Jahren vor. Es hat nichts damit zu tun, wie es wirklich um uns steht.«

Die Dunkelheit kam langsam und körnte die Oberfläche des lilafarbenen Raumes. Ein Stern schien hindurch wie ein funkelnder Glassplitter. Gewöhnlich, wenn ich etwas sage, das ihn nicht sonderlich interessiert, das er aber vernünftig findet, sagt er: »Da hast du nicht unrecht.« Es irritiert mich nicht; es gehört zu den Dingen, an denen ich erkennen kann, was er von mir denkt. Das ist es, was in Wirklichkeit zwischen zwei Menschen geschieht, wenn sie sich so gut kennen wie er und ich, gleichgültig, worüber sie gerade reden. Ob sie über Politik diskutieren, über Freunde klatschen oder einen Urlaub planen – das Wichtige ist die ständige Veränderung und Wiederherstellung des Gleichgewichts, die ewige Wiederholung der Rollen, die jeder dem anderen insgeheim zugeteilt hat und die der andere von Natur aus zu erfüllen vorgibt. Ich weiß, daß ich eine verdammt intelligente Frau bin – die weitaus intelligenteste Frau, mit der er je in irgendeiner Weise zu tun hatte –, und ich weiß auch, daß eine Beziehung zu einer Frau wie mir nicht nur die Anerkennung intellektueller Gleichrangigkeit impliziert, sondern auch Gleichheit in Dingen der praktischen Vernunft (nicht diese herablassende Freundlichkeit gegenüber weiblicher Altklugheit) – und trotzdem, selbst wenn ich meinen Standpunkt in einer Diskussion eine Spur besser verteidige als er den seinen, schaue ich mir innerlich dabei zu, wie ich mich vor ihm in Szene setze. Und das entspricht der versteckten Erwartung, daß er sich von der Qualität eines weiblichen Verstandes angezogen fühlt – eines Verstandes, dessen Qualität rational als selbstverständlich vorausgesetzt wird. Letztes Jahr in Europa, in Diskussionen über Gemälde und Bauwerke, die wir miteinander ansahen, oder in Gesprächen mit Freunden, wenn wir gemeinsam eingeladen sind, in seinem Haus oder in meiner Wohnung, wenn wir über Politik reden, wie wir das meistens tun – treibt er mich unterschwellig an, und ich setze mich vor ihm in Szene, ich treibe ihn an, und er schlägt sein Rad für mich.

Während wir weiterredeten, wurde mir, als stünde ich abseits von uns beiden, bewußt, daß dieser andere Dialog zwischen uns sachte aufgenommen wurde. Unsere

Stimmen sprachen weiter, ein wenig albern, aber wie das wechselnde Licht in den *Son-et-Lumière*-Vorstellungen, die wir in Frankreich gesehen hatten, im Gleiten über Wände, Portale, Höfe und Fenster unabhängig von der Erzählung den wirklichen Schauplatz beleuchtete, so ging zwischen uns das Licht- und Schattenspiel des wirklichen Geschehens still seinen gewohnten Gang.

Und dann, anstatt zu sagen: »Da hast du nicht unrecht«, sagte Graham: »Was würdest du sagen, wie es wirklich um uns steht?«

Einen Augenblick nahm ich es als direkte Frage nach allem, dem wir so gekonnt auswichen, eine Frage über ihn und mich, die Lüge, mit der er mich auf meinen Händen erwischt hatte – und ich spürte, daß mein Gesicht das verriet.

Ich wußte nicht, was ich sagen sollte.

Aber es war eine ruhige, unpersönliche Frage gewesen, der Ton des Richters, der das Vorrecht juristischer Unwissenheit für sich in Anspruch nimmt, nicht der parteiische Ton des Rechtsanwaltes im Kreuzverhör. Es kam zu etwas, was ich nur als Stromausfall zwischen uns beschreiben kann; die Stimmen sprachen weiter, aber es war finster, die wirkliche Vorstellung war zu Ende.

Ich sagte: »Ja also, das ist schwer zu definieren – ich mein, wie soll man es beschreiben – wie könnte man unser Zeitalter nennen? Das Zeitalter *von was?* Nicht in bezug auf technische Errungenschaften, das wär zu

leicht, und es sagt nicht genug über uns aus – über die Menschen – oder?«
»Heute, zum Beispiel.« Er war ernst, zögernd, mitfühlend.
Ja, dieser Tag. Heute morgen fuhr ich durch das Veld, und es war genau das Veld, genau die Sonne, genau der Wintermorgen einer Neunjährigen – für mich, für Max. Der Morgen, an dem unser Leben ein fernes Brausen in der Zukunft gewesen war, wie das ferne Brausen der Flugzeuge am Himmel (es war ein großes Luftwaffentrainingslager in der Nähe meiner Wohnung während des Krieges). Schau, daß du groß und stark wirst und daß etwas wird aus dir, heirate, bete zu dem blonden Christus in den Kirchen der Weißen, gib der Nanny deine alten Kleider. Der gleiche Morgen, und unser Leben war hier und jetzt, und Max war im Gefängnis gewesen und war tot, und ich war keine Witwe. Was ist geschehen? Das hatte sie gefragt, die alte Dame, meine Großmutter. Und während ich durchs Veld fuhr, um Bobo zu besuchen (hier hatte Max die Enten miteinander quaken gehört, ohne zu verstehen, was sie sich erzählten), ging im Weltraum ein Mensch spazieren. Ich sagte: »Graham, was glaubst du wohl, wie sie es in der Geschichte nennen werden?«, und er sagte: »Ich hab gerade ein Buch gelesen, in dem unsere Welt die spätbürgerliche Welt genannt wird. Wie gefällt dir das?«
Ich lachte. Es lief mir über die Haut wie Wind über Wasser; dieses Gefühl, das einem eine Wortkombina-

tion manchmal gibt. »Es klingt so schön nach Verfall. Aber es ist eine politische Definition, und die taugen nichts.«

»Ja, aber der Verfasser – er ist Ostdeutscher – verwendet sie in einem weiteren Sinn – sie schließt alles ein: Kunst, Religionen, Technologie, wissenschaftliche Entdeckungen, Sex, alles –«

»Aber nicht die kommunistische Welt in diesem Fall.«

»Doch, bis zu einem gewissen Grad« – er gibt mir gern knappe, präzise Erklärungen –, »sie besteht in bezug zur frühen kommunistischen Welt – wenn wir es einmal so nennen wollen. Indem du das eine definierst, setzt du die Existenz des anderen voraus. Und so sind beide Teil eines gesamthistorischen Phänomens.«

Ich goß ihm noch einen Drink ein, weil ich wollte, daß er geht, und obwohl er gehen wollte, nahm er ihn an.

»Hast du den ganzen Nachmittag gearbeitet? Oder hast du wirklich geschlafen?«

Aber ich wußte, daß er gearbeitet hatte; er gab es mit einem trockenen, betäubten halben Lächeln zu, etwas, das aus dem Raum kam, in den er sich mit seinen Dokumenten einschloß wie ein Mönch, der während seines Noviziats wohl ab und zu noch einen kleinen Ausflug in das Leben draußen unternimmt, den aber die Stille der Zelle ruft, die ihn nie wirklich losgelassen hat. Nicht einmal der Sex der vergangenen Nacht hatte Graham am Nachmittag schläfrig gemacht; da schrieb er in seinem Zimmer und sprach ins Diktaphon, allein

mit seiner Stimme. Ich habe sie manchmal von draußen gehört; als betete jemand.
Ich sagte ihm, daß das Pfeil-und-Speer-Symbol immer noch an den Wänden des Viadukts in der Nähe des Heimes war.
»Das wundert mich nicht. Ich glaub, es gibt auch ein paar neue in der Stadt. Da ist irgend jemand tapfer. Oder tollkühn.« Er hatte mir vorige Woche erzählt, daß ein junges weißes Mädchen achtzehn Monate dafür bekommen hatte, daß sie irgendwo dieses Symbol aufgemalt hatte; aber natürlich bekommen auf dem Kap schwarze Männer und Frauen drei Jahre für ganz andere Vergehen. Zum Beispiel dafür, daß sie den Tank eines Wagens, den ein Mitglied des African National Congress fährt, mit Benzin im Wert von zehn Shilling auffüllen.
»Findest du das richtig, daß sie dieses Ding mit dem Speer verwenden? Ich mein, wenn du überlegst, von wem die Idee ursprünglich kommt.« Es hatte sich vor nicht allzu langer Zeit bei einem politischen Prozeß herausgestellt, daß dieses spezielle Symbol des Widerstandes die Erfindung eines *agent provocateur* und Polizeispitzels war. Ich hätte mir vorstellen können, daß sie sich lieber ein neues Symbol suchten.
Er lachte. »Ich glaub nicht, daß die Motive des Erfinders viel damit zu tun haben. Schau dir doch zum Beispiel die Werbeagenturen an – glaubst du, daß die Leute, die den verkaufssteigernden Slogan prägen, an das glauben, was sie tun?«

»... ja, wahrscheinlich nicht. Aber es ist komisch. Eine komische Situation. Ich mein, wer hätte je gedacht, daß es einmal so kommen würde.«

Wir waren einen Augenblick still; er nahm, sozusagen, taktvoll den Hut ab in diesen Pausen, in denen der Gedanke an Max gegenwärtig war. Es gab nichts über Max zu sagen, aber hier und da kamen sein Tod oder sein Leben auf wie das still und müde heranspülende Wasser, das einem nachts an einem dunklen Strand die Füße netzt, und eine alltägliche Bemerkung wurde zu einer Anspielung auf ihn. »Sind die Blumen für deine Großmutter angekommen?« fragte Graham. Ich erzählte ihm, daß sie vor der Tür gestanden hatten; und wie sie geschrien hatte, als sie eine Gestalt in der Tür sah.

»Es ist ganz natürlich, daß man Angst vor dem Tod hat.« Als empfehle er mir eine Dosis Feigensirup für Bobo (eine der väterlichen Gesten, zu denen er sich manchmal hinreißen läßt).

»Vielleicht. Aber sie hat sich nie mit Dingen abfinden müssen, die natürlich sind. Weder mit grauen Haaren noch mit Kälte. Wirklich – bis vor zwei oder drei Jahren, bevor sie senil wurde, hat sie in fünfzehn Jahren keinen einzigen Winter erlebt –, vor dem Winter in England flüchtete sie sich hierher in den Sommer, und vor dem Winter hier in den Sommer in England. Aber jetzt, dagegen gibt es nichts, was hilft.«

»Wie gegen einen gewöhnlichen Schnupfen«, sagte er, stand plötzlich auf und blickte auf mich hinunter; fast belustigt, fast gelangweilt, vorwurfsvoll. So beendet er ein Gespräch oder trifft eine Entscheidung. »Kannst du mich jetzt heimbringen?« Aber er versteht nicht. Da man schon einmal sterben muß, sollte man mit einem ganz einfachen Sinn dafür ausgestattet sein, daß man seinen Anteil gehabt hat. Einem Mechanismus, wie jenem, der andere Triebe steuert. Man sollte wissen, wann man genug gehabt hat – wie am Ende einer Mahlzeit. So einfach und gewöhnlich sollte es sein.

Ich fuhr ihn heim. Sein Name steht auf dem schön polierten Bronzeschild am Tor, und über der Eingangstür aus Teak schalten die Dienstboten jeden Tag, sobald es dämmert, eine schmiedeeiserne Lampe ein. Als er aus dem Wagen stieg, lud ich ihn für den nächsten Tag zum Essen ein. Die Lüge bereitete uns keine Probleme; sie schien überhaupt keine Rolle zu spielen, alles war lokker und irgendwie geistesabwesend zwischen uns. Kaum hatte ich ihn abgesetzt, fuhr ich heim, als wäre der Teufel hinter mir her. Ich zischte mit Genuß um die Kurven und kam mir besonders geschickt vor, wie ich das auch nach einem kleinen scharfen Drink auf leeren Magen an mir festgestellt habe. Ich mußte zusehen, daß ich vor halb acht mit den Zwiebeln fertig wurde und noch ein Bad nehmen konnte.

Ich hatte zirka halb acht gesagt, aber ich konnte ruhig mit acht rechnen, also hatte ich genügend Zeit.

Ich erwartete Luke Fokase. Er hatte Donnerstag im Labor angerufen. »Hallo, wie geht's denn so, Mann? Ich bin grad in der Gegend. Ich könnte vielleicht Samstag vorbeikommen, wenn dir das recht ist. Ich bin nur kurz da, aber ich denk, ich müßt es schaffen.«
Wir verwenden keine Namen am Telefon. Ich sagte: »Komm am Abend zum Essen.«
»Gut, gut. Ich schau vorbei.«
»So um halb acht.«
Ich weiß nicht, warum ich ihn wieder eingeladen habe. Es wäre mir fast lieber, er würde mich von seiner Besuchsliste streichen, mich in Ruhe lassen. Aber ich vermisse ihre schwarzen Gesichter. Ich vergesse das Tohuwabohu in dem Haus im Hinterhof, die Enttäuschungen und Mißverständnisse und erinnere mich nur noch an die guten Zeiten, als William Xaba und die anderen den ganzen Sonntag unter dem Aprikosenbaum saßen, und Spears kam und mit mir redete, während ich für uns alle kochte. Es steigt in meiner Erinnerung hoch wie ein Geschmack, der mir seither nicht mehr begegnet ist, und alles in meinem gegenwärtigen Leben kommt mir im Moment so mechanisch vor, als wäre ich an einem fremden Ort erwacht. Und trotzdem weiß ich, daß alles keinen Sinn hatte, daß Freundschaft um ihrer selbst willen wie jeder andere Luxus etwas ist, was nur Weiße sich leisten können. Ich sollte mich an mein Mikroskop halten und an meinen Anwalt und froh darüber sein, daß ich nicht den Mut

hatte, mich auf das Risiko einzulassen, so zu enden wie Max.

Luke ist keiner von der alten Clique, aber sein Partner, Reba, kannte Max, und so kam ich mit den beiden zusammen. Sie leben in Basutoland, obwohl sie natürlich in Wirklichkeit hierher gehören; aber irgendwie gelang es ihnen, ihren Anspruch auf die Basuto-Staatsbürgerschaft und Papiere der dortigen britischen Verwaltung nachzuweisen. Reba hat irgendein Bau- und Transportunternehmen und schickt seinen alten Lastwagen ziemlich ungehindert mit gebrauchtem Baumaterial zwischen Maseru und Johannesburg hin und her. Anscheinend stellt er damit politisch Aktiven auf der Flucht eine außerfahrplanmäßige Buslinie zur Verfügung und transportiert sogar Leute in die andere Richtung, bis hinauf an die Grenze zu Betschuanaland. Vor etwa fünfzehn Monaten stand Reba plötzlich mitten in der Nacht vor meiner Wohnungstür; der Lastwagen hatte eine Panne, es waren zwei Burschen an Bord, die in dieser Nacht über die Grenze gebracht werden sollten, und er hatte nicht genügend Geld, um die Reparatur zu bezahlen. Ich hatte ihn nur einmal vorher gesehen, mit Max, und ich war nicht ganz sicher, ob ich wirklich wußte, wer er war, aber ich borgte ihm, was ich hatte – acht Pfund. Ich hatte kein gutes Gefühl dabei – es hätte leicht eine Polizeifalle sein können –, aber ich hätte ein noch schlechteres gehabt, hätte ich es nicht getan; wie konnte jemand wie ich es darauf

ankommen lassen, daß zwei Afrikaner ihre Fluchtchance verlieren?
Er hatte in dieser Nacht einen stämmigen jungen Mann bei sich, einen Mann mit einem wirklich schwarzen, glatten – fast westafrikanischen – Gesicht und riesigen Mandelaugen, die wie die gemalten Augen lächelnder etruskischer Figuren in den weit auseinanderstehenden Öffnungen in der schwarzen Haut lagen. Das war Luke. Reba ist ein kleiner Mann mit vaselinefarbener Haut, dessen Kopf zwischen den Schultern eingekeilt ist wie bei einem Buckligen und dessen großer Mund voller Zähne stets in einem aufmerksamen, stummen Lachen offensteht, wenn man mit ihm spricht, wie bei einem Flußpferd, das das Maul stets offenhält, um sich von den Vögeln die Zähne sauberpicken zu lassen. Sie waren ein äußerst charmantes Paar, das alles andere als vertrauenswürdig wirkte. Ich rechnete nicht damit, das Geld wiederzusehen, aber dann kam ein eingeschriebener Brief mit den Banknoten und einem Dankschreiben, idiotischerweise unterzeichnet mit »Ihr Ihnen im Kampf verbundener Reba Shipise«. Seit damals taucht Luke von Zeit zu Zeit auf. Er sagt abwechselnd – anscheinend vergißt er von einem Besuch zum anderen, welche Erklärung er beim letzten Mal abgab –, daß Reba mit seinem Unternehmen zu beschäftigt sei oder daß Johannesburg ihm »zu heiß« geworden wäre. Was spielt es für eine Rolle? Jedenfalls geht es mich nichts an. Sie sind auch beide PAC-Leute; und Max und ich, wie die meisten weißen

Linken und Liberalen, haben immer die Leute vom ANC unterstützt, weil sie nicht »rassistisch« sind und uns nicht ausschließen, aber die Regierung macht keine so feinen Unterschiede zwischen denen, die angeblich die Weißen am liebsten alle im Meer ertränken würden, und denen, die einfach nur ihr Mehrheitswahlrecht haben wollen – wenn es nach ihnen geht, können sie alle miteinander im Gefängnis verrotten. Und was spielt es schon für eine Rolle, daß sie sich eher dem PAC verbunden fühlen als dem ANC? All die kleinlichen Skrupel aus der Zeit, bevor schwarze politische Parteien verboten wurden, scheinen aus heutiger Sicht ziemlich am Kern der Sache vorbeigegangen zu sein.

Es kommt nicht oft vor, daß ich ein richtiges Essen koche, es sei denn, Bobo ist in den Ferien zu Hause; Graham kann es sich leisten, im Restaurant für uns zu bezahlen, oder wir können bei ihm zu Hause essen, wo es einen Koch gibt – es lohnt die Mühe nicht, mich noch in die Küche zu stellen, wenn ich vom Labor heimkomme. Daher ist die bloße Tatsache, daß ich etwas koche, das mehr Geschicklichkeit und Organisation erfordert als das Braten eines Spiegeleis, schon ein Ereignis für mich – egal, für wen ich koche. Jedenfalls ist Luke Fokase immer hungrig. An jenem ersten Abend, als er mit Reba kam, setzte er sich hin und aß kalte Frikadellen, die ich zufällig im Kühlschrank hatte. Schweinefilets, gebraten in einer Menge dünn geschnittenen Zwiebeln, sind eine lästige Arbeit, aber trotzdem machte es mir Spaß, alles so weit vorzubereiten, daß ich es nur noch auf den Herd zu stellen brauchte, kurz bevor wir essen wollten. Ich öffnete eine Flasche spanischen Rotwein, den Graham dagelassen hatte, sollten wir irgendwann einmal hier etwas essen, was seiner würdig wäre – Wein ist wichtig für Graham, es ist mir aufgefallen, daß ein gutes Essen, guter Wein und Sex für ihn zusammengehören, er genießt das letztere nicht wirklich ohne das erstere. Ich nahm mir ein Glas mit ins Badezimmer und trank es in der Badewanne. Es sah hübsch aus, das dunkle Stiefmütterchenrot vor den Fliesen. Ich hatte die Zeitung bei mir und las den ganzen Bericht, aus dem Graham mir Teile über den Flug im Weltraum vorgelesen hatte. Über Max stand nichts drin; es war die Spätausgabe, und sie hatten die Meldung schon wieder herausgenommen.

Trotz allem war ich angezogen und fertig, lange bevor Luke kam, und wußte nicht, was ich mit mir anfangen sollte. Es gibt so viele Dinge, die getan werden müßten, wenn ich einmal Zeit habe, aber so ein dummes kleines Eckchen Zeit ist nicht zu viel nütze. Was immer ich anfing, ich würde es nicht beenden. Einen halbgeschriebenen Brief zum Beispiel schreibe ich nie zu Ende; man findet nicht denselben Ton, wenn man weiterschreibt.

Und trotzdem, hätte ich mir eine Schallplatte aufgelegt, mir noch ein Glas Wein eingeschenkt und mich hingesetzt – was herrlich klingt –, ich wäre mir wie auf einer

Bühne vor einem leeren Zuschauerraum vorgekommen. Ich holte mir das Buch, das ich morgens im Bett gelesen hatte. Seit ich an der Stelle, wo ich einen Zettel aus der Reinigung eingelegt habe, irgendwo in der Mitte der Seite zu lesen aufgehört hatte, war Max' Tod dazwischengetreten; es kam mir wie ein anderes Buch vor, ich kann es nicht erklären – es klang einfach anders dort in dieser inneren Kammer, wo man die Stimme eines Schriftstellers hinter der allgemeinen Geltung der Wörter hört. Die Stimme tönte fort und fort, aber sie prallte auf sich selbst wie ein Echo, das eine Schallwelle nach der anderen zurückwirft. Ich las die Wörter und Sätze, aber mein Verstand wurde von einem einzigen elektrischen Impuls durchzuckt – Max' Tod. Sobald ich den Versuch zu lesen aufgab, war es wieder in Ordnung. Ich dachte nicht einmal an ihn. Durch die Wände kamen gedämpfte Tischgeräusche aus den Wohnungen links und rechts von meiner und das Bellen eines Radios, das jemand auf volle Lautstärke gedreht hatte. Autotüren wurden zugeworfen, und die klare Winterluft jonglierte mit Stimmen. Unsere Lichter blitzten hinauf zu den Lichtern von Fredagold Heights, und ihre blitzten zurück. Ich sah die Klebstofftube im Aschenbecher liegen (ich hatte sie vor ein paar Tagen herausgeholt, um mir eine Schuhsohle festzukleben), und da fiel mir ein, daß ich nie dazu gekommen war, den Kopf des Pavianmaskottchens zu reparieren, das ich Bobo im vergangenen Jahr auf der Heimreise von Europa aus Livingston mitgebracht hatte. Es kam zerbrochen aus meiner Reisetasche; und nachdem ich es ihm gezeigt hatte, hatte ich es mit meinen Kosmetiksachen weggeräumt und ihm versprochen, die Schnauze wieder anzukleben. Ich ging ins Schlafzimmer und fand es ganz hinten in einer Schublade; eines der Augen aus roten Glücksbohnen war ebenfalls herausgefallen, aber auch das fand ich zwischen Fusseln und verstreutem Puder. Das Ding ist aus einem undefinierbaren Pelz gemacht (Meerkatze? Ratte?), gut beobachtet, mit einem obszön gekrümmten Schwanz und einem sehr menschlichen Ausdruck um die eng zusammenstehenden Bohnenaugen in dem aus weichem Holz geschnitzten Gesicht. Ich bestrich die beiden Bruchstellen sorgfältig mit Klebstoff und drückte sie sehr genau aufeinander. Mit dem Fingernagel kratzte ich die haarfeine Klebstofflinie weg, die beim Zusammendrücken aus der Fuge gequollen war, dann hielt ich Kopf und Schnauze fest zusammengepreßt, während sich die Materialien verbanden; man konnte überhaupt nicht erkennen, daß es geklebt war. Ich begann davon zu träumen, wie ich eines Tages Fotoalben kaufen und die Babyfotos von Bobo einkleben würde, die in einer alten Hutschachtel ganz oben auf dem Badezimmerschrank liegen. Die meisten anderen – Bobo als kleiner Junge – sind zusammen mit unseren Privatpapieren und Zeitungsausschnitten bei Razzien in dem alten Haus verschwunden, und ich habe sie nie zurückbekommen. Ich war plötzlich ganz begeistert von der Möglichkeit, Bilder von Bobo in ein Album zu kleben und dazuzuschreiben, wann und wo sie geknipst wurden, als würde sich mit der Tat die Art Leben, in dem man solche Dinge tut, flugs um uns zusammenfügen. Mein Magen knurrte vor Hunger, und als ich mir gerade mit verklebten Fingern noch ein Glas Wein eingegossen hatte, klopfte es leise im Zweivierteltakt an der Tür; Luke klingelt nicht.

Es kümmert ihn auch nicht, wenn er gesehen wird. Ich weiß, daß er geradewegs durch den Haupteingang kommt und auf diese Weise nie von dem Wächter belästigt wird, der in seiner Loge sitzt und auf Leute achtet, die sich über die Hintertreppe zu den Dienstbotenzimmern unter dem Dach hinaufschleichen wollen, und sollte er die Hausmeisterin treffen – aber irgendwie trifft er sie nie –, würde er ihr ein windiges, aber plausibles Märchen erzählen, um seine Anwesenheit zu rechtfertigen, und auch damit davonkommen. Es gibt ein paar Afrikaner, die das können; andere wieder können keinen Schritt tun, ohne sich in den Fußschlingen der Tabus zu verfangen, von denen sie umgeben sind. Ich habe das gesehen, als Max mit ihnen arbeitete. Als er – Luke – in der Tür stand, wurde mir bewußt, daß er mir in keiner Weise gegenwärtig ist, wenn ich ihn nicht sehe und nichts von ihm höre. Er existiert nur, wenn ich seine Stimme am anderen Ende der Leitung höre oder wenn er wie jetzt vor mir steht, ein großer, grinsender junger Mann, der seine Kleider ausfüllt. Und trotzdem

machte es mich glücklich, ihn zu sehen. Er ist sofort *da* – einer von diesen Menschen, deren Gewand sich mit der Bewegung der Muskeln hörbar mitbewegt, Stoff auf Stoff, deren Atmen einem auf angenehme Weise bewußt wird wie das Schnurren einer Katze im Raum, und deren Körperwärme Fingerabdrücke auf dem Trinkglas zurückläßt. Er schob sich herein, und ich legte den Riegel vom Sicherheitsschloß vor. »Ich freu mich – ich freu mich riesig, dich zu sehen ...« Er legte mir die Hände um die Oberarme, ließ sie zu den Ellbogen hinuntergleiten und drückte mich dabei sanft. So standen wir einen Augenblick da, lachend, flirtend. »Ich mich auch, ich hatte vergessen, wie du aussiehst ...« »He, was ist das, was seh ich denn da – war ich *so* lange weg?« Er hatte ein helles Haar auf meinem Kopf gefunden und riß es mir aus. »Quatsch, das ist die neueste Mode. Ich hab's mir beim Friseur machen lassen. Man nennt es ›streaking‹ ...« Es war ein Spiel; taxierend hob er mit der Handkante ganz leicht die Außenseite meiner Brüste an, so wie man sagt »Na?«, und dann gingen wir ins Wohnzimmer.
Er redete, schlenderte durch den Raum, schaute, berührte hier und da etwas, um sofort eine Intimität herzustellen, zu zeigen, daß er zu Hause war; oder um die Zeichen zu lesen – wer dagewesen war, welche Art von Ansprüchen ihre Erkennungsmarke zurückgelassen hatte, wie mein Leben beschaffen war, das hier zum Ausdruck kam. Mir fiel auf, daß er – vom Standpunkt der Information aus – die Blumen übersah, die

mir, hätte ich einen Raum wie diesen betreten, sofort etwas zu sagen gehabt hätten. Aber wenn er auch einigermaßen damit vertraut ist, wie Weiße im allgemeinen ihre Wohnungen schmücken, reicht es doch nicht dazu, den wichtigen Unterschied zwischen einem Blumenstrauß, den eine Frau wie ich sich an einer Straßenecke kaufen mochte, und einem teuren Bouquet aus dem Blumenladen zu bemerken. »Ich bin Dienstag gekommen – nein, wir sind *sehr* spät weg, es war Mittwoch, ganz in der Früh. Irgendein Problem mit dem Wagen –«

»– Natürlich.« Ich hielt die Weinbrandflasche in der einen Hand hoch, die offene Weinflasche in der anderen.

»Oh, ganz egal, Brandy. Ja also, der Keilriemen war hin, und der Typ, mit dem ich gekommen bin –«

»Bist du denn nicht mit dem Lastwagen da? Wie geht's dem alten Reba?«

»Ganz gut; er bleibt immer zu Hause in letzter Zeit und läßt mich rumfahren. Er hat 'ne Menge Schwierigkeiten mit seiner Frau – ich weiß nicht, sie läuft ständig in irgendwas rein, ohne daß sie's bemerkt. Irgendwas mit dem Gleichgewicht. Der Doktor kommt nicht drauf. Ach ja, Reba hat übrigens gesagt, ich soll dich fragen.«

»Tja, ich bin kein Arzt ... klingt nach Mittelohr.«

»Ja, genau, das sagt der Arzt auch, aber sie will nichts davon wissen ...« Ich lachte – »Aber sie kann es sich nicht aussuchen – es gibt eben ganz einfach so was wie ein Mittelohr, und wenn seine Funktion gestört ist, kann man das Gleichgewicht verlieren.«

»Ich weiß, aber sie sagt, sie hat nur zwei Ohren –« Er wollte uns mit diesem Beispiel afrikanischer Logik zum Lachen bringen.

Ich gab ihm seinen Brandy, ging in die Küche, drehte rasch das Gas unter dem Fleisch auf und mischte den Salat mit dem Dressing, mit ungewaschenen Händen, wie ich es immer tue, wenn keiner zusieht.

Er hörte mich drinnen herumklappern, und als ich mit dem Tablett hinauskam, sah ich sein breites Lächeln und fragte »Was ist jetzt?«, und er sagte: »Das ist es, was mir an euch weißen Mädchen so gefällt: eure Tüchtigkeit. Alles geht irgendwie so nebenbei.«

»Oh, ich hab mir besondere Mühe gegeben«, sagte ich, während ich Brot, Salat und Butter auf den Tisch stellte.

»Ich weiß es zu schätzen«, konterte er.

Ich lief hin und her, und jedesmal, wenn ich ins Wohnzimmer kam, war er ein Publikum für mich; dann hielt er den Pavian in der Hand, belustigt, ich sah es an seinem Gesicht, und voller Neugier, weil er spürte, daß er die Hand auf mein Leben gelegt hatte – »Hast du ihn gerade repariert? Du findest immer was zu tun.«

»Er gehört Bobo – meinem Sohn.«

»Ein nettes Ding für einen kleinen Jungen«, sagte er und streichelte mit einem Finger über den Pelz.

»So klein auch nicht mehr. Inzwischen vielleicht schon zu alt dafür.«

»Mann, mit so was könnt selbst ich spielen.«
Ich weiß nicht, ob seine Freundlichkeit professionell ist oder ob er wirklich so leicht und schnell auf seine Umgebung reagiert, wie es den Anschein hat. Manchmal, wenn seine großen Augen unverwandt auf mir liegen, während er aufmerksam zuhört, was ich sage, sehe ich darin ein Flackern – nur die Haaresbreite eines Flackerns –, aus dem ich schließe, daß er – schnell und in seiner eigenen Sprache – an etwas anderes denkt.
Lächelnd, mich festhaltend mit dem bewundernden, neckenden Blick, den ich irgendwie genieße, sagte er: »Kannst du dich nicht hinsetzen und dich eine Weile entspannen?« Ein Großteil seines Unterhaltungsstils stammt aus amerikanischen Filmen, die er gesehen hat, aber es wirkt ganz natürlich an ihm, so wie die etwas zu haarige Jacke, die ein bißchen zu sehr nach Tweed aussah, an ihm in Ordnung war. Der köstliche Geruch nach in Butter dünstenden Zwiebeln wurde stärker, während wir uns unterhielten. Ich erkundigte mich nach den Wahlen in Basutoland, und wir waren beide froh, uns auf sozusagen neutralem Grund aufwärmen zu können. Dann kamen wir auf die Lage der südafrikanischen Flüchtlinge dort zu reden. Er begann sich über die Restriktionen zu beklagen, die ihnen von der britischen Verwaltung auferlegt wurden, die er als »deine englischen Freunde« apostrophierte, und ich protestierte: »*Meine* Freunde? Wieso meine Freunde? – Obwohl mir die armen Teufel leid tun, daß sie sich

mit einer Horde zerstrittener politischer Flüchtlinge abgeben müssen –« »A-ah, nur keine Sorge, die stekken mit der südafrikanischen Regierung unter einer Decke«, sagte er. »Vor allem die Typen vom PAC«, gab ich zurück. Unsere Stimmen wurden lauter, und wir lachten. »Und zwischen den Reden verprügeln sie einander!« Aber im Schutz des Lachens – oder das Lachen nützend – schwenkte er vom Thema ab, das zu eng mit seinen Besuchen in Johannesburg verbunden war und uns vielleicht zu rasch zu einem Punkt gebracht hätte, an dem wir erst ankommen würden, wenn er es für richtig hielt. Ich weiß, daß er nicht nur kommt, um mich zu sehen. Es gibt immer einen Grund. Obwohl er zumindest einmal (als er das letzte Mal hier war) wieder ging, ohne daß ich den Grund für sein Kommen herausgefunden hatte; irgend etwas mußte ihm gesagt haben, daß er nicht bekommen würde, was immer er gewollt hatte. Er ist nicht auf den Kopf gefallen, der junge Luke.

Es war etwa zehn, als wir uns zum Essen setzten – es war brutzelnd heiß und saftig, wie es nie ist, wenn es von jemand anderem hinter verschlossener Tür aufgetragen wird. Er wollte ein Bier, aber ich hatte keines, also hielt er sich weiter an den Brandy, und ich hatte den guten Wein für mich allein. Vor ein paar Jahren hätte ich protestiert; inzwischen habe ich das heimliche Vergnügen einer alten Jungfer (oder sollte ich besser sagen, einer alleinstehenden Frau) an derlei egoistischen Gelüsten entwickelt. (Ich in meiner Wohnung und Graham wahrscheinlich in seinem Haus.) Während mir der Wein durch die Kehle rann, warm wie die Temperatur im Raum, schwarzrot, pelzig wie frische Milch auf der Zunge, dachte ich daran, wie ich einmal – vor langer Zeit, ganz am Anfang – zu Max gesagt hatte, was man wohl tut, wenn jemand stirbt, den man liebt, wie man weiterleben könnte? Ich werde nie vergessen, was er geantwortet hat: »Ein paar Stunden nur, und du wirst durstig, und dann willst du wieder etwas – einen Schluck Wasser ...«

Das Essen war so unheimlich gut. Es war wie ein Festmahl. Ich sagte zu dem Mann mit dem glatten schwarzen Gesicht und den langgezogenen Augen mir gegenüber: »Ich weiß nicht, ob du's in der Zeitung gelesen hast; mein Mann ist tot.« Nachdem ich es gesagt hatte, begann mein Herz plötzlich ganz schnell zu schlagen, wie das so ist, wenn man etwas endlich herausgebracht hat. Und dabei hatte ich überhaupt nicht daran gedacht, diesem Besucher gegenüber etwas davon zu erwähnen; der Tag war vorüber, er hatte nichts zu tun mit dem Besuch; der Besuch hatte nichts zu tun mit irgend etwas sonst in meinem Leben, solche Besuche sind, wie wenn man in der Nacht aufwacht und liest und raucht und dann wieder einschläft – sie haben keinen Kontext.

Er hatte den Mund voller Essen. Er sah mich bestürzt an, als würde er es am liebsten ausspucken; ich war schrecklich verlegen. »Mein Gott, das hab ich nicht gewußt. Wann ist es passiert?«

Ich sagte: »Du weißt doch, ich bin schon seit einer Ewigkeit geschieden. Ich kümmer mich allein um Bobo, schon seit langem, schon als er noch ziemlich klein war.«
»Der Mann in Kapstadt – ist der das, mit dem du verheiratet warst? Ich hab was drüber gelesen, aber ich –«
»Ja, ich hab heut früh ein Telegramm bekommen. Ich hatte seit einem Jahr nichts von ihm gehört oder gesehen.«
Er sagte immer wieder: »Guter Gott ... das hab ich nicht gewußt, das hab ich nicht gewußt.«
Ich aß weiter, um ihn dazu zu zwingen, meinem Beispiel zu folgen, aber er saß da und schaute mich an: »Verdammt! Das ist ja furchtbar, Mann.«
»Und was hast du dann getan, Liz, was hast du getan?«
Ich spürte, wie er mich beim Essen beobachtete, zusah, wie ich ein Stück Fleisch aufspießte, ein paar weiche Zwiebelringe daraufschaufelte und die Gabel in den Mund steckte. Als ich mit dem Bissen fertig war, lehnte ich mich in meinem Stuhl zurück und sah ihn an. »Es gibt nichts zu tun, Luke. Ich bin zur Schule gefahren, um es meinem Sohn zu sagen, das ist alles.«
»Was ist mit der Beerdigung?«
»Oh, die wird in Kapstadt stattfinden.« Ich wollte ihm sozusagen ein paar Dinge über das Leben nahebringen.
»Du fährst also nicht hin?« Bestimmt dachte er an ein

afrikanisches Familienbegräbnis, zu dem die ganze Verwandtschaft von nah und fern, aus grundverschiedenen Welten zusammenströmt, alle Fehden und Entfremdungen vergessen.

»Nein, ich fahr nicht hin.«

»Aber er war *dein Mann*«, sagte er.

»O ja«, sagte ich, »das weiß ich. Ich denk schon die ganze Zeit darüber nach, daß er mir bestimmt gewesen sein muß. Es konnte wohl nicht anders sein.«

Wir betrachten einander abschätzend, aber nicht unfreundlich. Ich gebe nicht vor, mehr über ihn zu wissen, als was ich in seinem unschuldigen, berechnenden, hübschen vollen Gesicht lesen kann, er beurteilt mich – die Außenseiterin – nach den Anforderungen des Lebens, in das er gehört.

Langsam begann er wieder zu essen, wir aßen beide weiter, als hätte ich ihn dazu überredet. »Was glaubst du, warum er es getan hat? Aus politischen Gründen?« fragte er. Er wußte natürlich, daß Max sich damals hatte umdrehen lassen.

»Wenn er einer von euch gewesen wäre, hätte er es wohl nicht selber tun müssen, was? – dann hätte ihm schon ein anderer ein Messer hineingerannt und ihn in den Hafen geworfen.«

Er sagte mit einem kurzen schnaubenden Lachen: »Zum Teufel, Liz, Mann, nimm's nicht so schwer, verdammt noch mal.« Aber es ist wahr; es ist alles so viel einfacher, wenn man schwarz ist, sogar um dein Schuldbewußtsein kümmern sich die anderen.

Schwarze und farbige Kronzeugen erscheinen maskiert vor Gericht, aber sie können trotzdem nicht damit rechnen, daß sie es lange machen.

»Du meinst, daß er es nicht vergessen konnte?«

Ich sagte: »Ach Luke, ich weiß nicht. Ich weiß es wirklich nicht.«

»Aber Mann, du hast ihn lange genug gekannt, du weißt, was für ein Mensch er war, auch wenn du ihn in letzter Zeit nicht gesehen hast.«

»Er war nicht der Mensch, für den er sich hielt.«

»Ah, na gut.« Er wollte es nicht riskieren, schlecht von dem Toten zu reden. Ich sagte, als eine Art Trost: »Es gibt Menschen, die sich das Leben nehmen, weil sie es nicht ertragen können, daß sie nicht ewig leben« – ich lächelte mit herabgezogenen Mundwinkeln für den Fall, er könnte denken, daß ich von einem Leben nach dem Tod sprach – »ich mein, sie können sich nicht mit der begrenzten Zeitspanne abfinden, in der sie leben. Heilige und Märtyrer sind von derselben Sorte.« Aber er sagte nur: »Der arme Kerl«, und ich sah mich einen Augenblick als eine von diesen weißen Frauen, die zuviel reden. Ich bot ihm noch einmal Wein an. »Nein, ich bleib bei dem da«, sagte er, also schenkte ich mir selbst nach; und zuviel trinken, dachte ich. Aber ich fühlte mich ruhig und ausgeglichen, ich trinke nie, wenn ich in schlechter Stimmung bin. Wir nahmen uns nach, ein unzeremonielles Hin und Her von Händen und Tellern. Er erzählte mir von Rebas Projekt für den Bau von sechs Eigentumshäusern für gutsituierte Afrikaner in der Umgebung der Hauptstadt von Basutoland. »Wenn Reba nur jemanden hätte, der ihn finanziert, dann könnte er wirklich anfangen. Ziegel und Holz kann er billig kriegen –«

»Aber was sollen das für Häuser werden!«

»Nein, die sind schon in Ordnung. Reba weiß, was er tut. Hast du je diesen Basil Katz kennengelernt? Ja, der ist jetzt da oben, und er hat die Zeichnungen und das ganze Zeug für Reba gemacht.«

Ich war nicht sehr interessiert, und es war leicht, Verständnis zu mimen. »Machen die Bausparkassen nicht mit?«

»Nein, natürlich nicht, doch nicht für Schwarze, Mann. Es ist eine Schande. Es tut mir leid für Reba, er ist ganz Feuer und Flamme, und er weiß, daß er den Zement und die Ziegel und das Holz kriegen kann – billig, wirklich billig. Und er hat die Arbeitskräfte – das ist auch was Gutes, verstehst du, den Basutos zu zeigen, daß man ihnen Arbeit gibt – eine gute Sache.«

»Wahrscheinlich kann er nicht genügend Sicherheiten geben – wie heißt das doch gleich?«

»– Nebenbürgschaften. Ja, genau, das ist es. Aber wenn er ein Weißer wäre, wäre alles ganz anders –« Kaum hatte er begonnen, von Geschäften zu reden, nahm er, vielleicht unbewußt, eine Pose an, die ihm wohl passend erschien: Stuhl zurückgekippt, lässig entspannte Haltung. »Bei, sagen wir, dreißigtausend Rand kannst du bei einer Rendite von zehn Prozent – gut, sagen wir acht – mit einem Profit von fast dreitausend rechnen, ist dir das klar?«

»Aber gibt es denn jemanden, der solche Häuser kaufen wird? Haben denn die Leute das Geld – ich mein, wäre ein gefördertes Wohnbauprojekt denn nicht sinnvoller?«

»Sie haben es, sie haben es. Und Reba weiß, wie er es aus ihnen rausholt.« Er sprach mit der Verachtung des Städters für die Hinterwäldler. »Reba steckt mit den Häuptlingen unter einer Decke, Mann. Du solltest die Rinder sehen, die die haben. Nicht die armen Teufel oben in den Bergen! Reba setzt sich mit ihnen zusammen und trinkt Bier mit ihnen und redet und redet, Mann, und er erzählt ihnen, wie das sein wird, wenn die Unabhängigkeit kommt, daß die neue afrikanische Regierung dann Häuser braucht für die Minister und die Leute in der Stadt ... er r-e-d-e-t mit ihnen ...« Er verfiel plötzlich in Sotho und führte mir vor, wie Reba mit den Hinterwäldlern verhandelte – und beobachtete mit einem weißen Aufblitzen der langen Augen mein Lachen. Ich fragte mich, weshalb er diese Vorstellung für mich gab; wozu er gekommen war. Aber das hatte ich schon wieder vergessen, als ich sagte: »Und deshalb bist du in Johannesburg, um Geld für die Häuser der Bonzen aufzutreiben« – und spielte ihm damit elegant die Eröffnung in die Hand, die er brauchte.

Er betrachtete das Stück Käse, das er sich soeben genommen hatte, schob es mit dem Messer weg, stand auf und wandte sich vom Tisch ab. Sein voller Bauch in dem weißen Hemd spannte sich über dem Gürtel, und er lockerte ihn und dehnte den Brustkorb mit einem tiefen Atemzug. Als er wieder sprach, kamen die Worte aus einem anderen Teil seines Denkens: »Nein« – leise, steif, als ginge es mich nichts an – »Nein … es geht nicht um Häuser. Das ist … das ist Rebas Sache« – seine Hand beschrieb eine lockere, kreisende Geste.

»Was machst du eigentlich – ich mein, wovon lebst du eigentlich, Luke?« Ich stellte mich vor ihn hin, mit verschränkten Armen. (Er hatte mir gesagt, daß er einmal in den Townships Damenunterwäsche verkauft hatte.)

Was für ein Gesicht. Diese unglaublichen Augen, wie aus Emaille, man hatte Lust, den Augapfel mit dem Finger zu berühren und über die glatte Oberfläche zu streichen. Er hob das Kinn, abwehrend, aber das Lächeln, unschuldig in seiner Unverfrorenheit, ließ sich nicht unterdrücken. Die Augen beschlugen sich, als hätte jemand sie angehaucht. Er grinste.

»Oh, ich weiß, du gehörst nicht zu den Leuten, die man so was fragen kann.«

»Ich arbeite mit Reba – das weißt du ja –« Er lachte, suchte nach Worten.

»Ja, ja – ich weiß, daß du voll beschäftigt bist. Aber wie *lebst* du? Hast du nicht irgendwo eine Familie?«

»Ich doch nicht. Ich bin allein unterwegs.« Es wird als selbstverständlich vorausgesetzt, daß wir beide wissen, daß es eine Frau und Kinder gibt. Er versteht es blendend, etwas zu vermitteln, was man sexuelles Bedauern nennen könnte: das Kompliment, durchblicken zu lassen, daß er gerne mit einem schlafen würde, wenn Zeit und Ort und die durch die unterschiedlichen Lebensumstände zweier Menschen gegebenen Voraussetzungen anders wären. Wahrscheinlich hat er festgestellt, daß das gut ankommt bei der Art von weißen Frauen, die schwarze Männer wie ihn kennenlernen; sie spüren den Kitzel der Erregung und fühlen sich zugleich sicher. Bei seinen Versuchen, den richtigen Ton bei mir anzuschlagen, probiert er unter anderem natürlich auch das aus. Ich kann ihm nicht gut sagen, daß ich vor Jahren einen schwarzen Liebhaber gehabt habe. Er strich langsam mit den Fingerspitzen über mein Ohr und den Hals entlang; eine gute Eingebung, aber das konnte er nicht wissen – ich habe eine besondere Schwäche für die rosigen, fast durchsichtigen Kuppen an der Innenseite schwarzer Hände, die aussehen, als wäre Licht darin eingeschlossen.

Er legte die Arme um mich, und ich legte die meinen um seine warme, kräftige Mitte. Wir wiegten uns sanft hin und her. »Wahrscheinlich wirst du von der kommunistischen Partei unterstützt«, zog ich ihn auf. Wie alle vom PAC wirft er dem ANC vor, daß er nach der Pfeife erstens von Moskau und zweitens von Peking tanzt.

»Genau, das ist es.« Lachend lösten wir uns voneinander und schlenderten durchs Zimmer, er mit den Worten: »Ich gebe alles zu, ich gestehe«, während ich die

Kaffeetassen holte und zum Tisch brachte. Er setzte sich mühsam mit gespreizten Beinen auf einen Hocker, der zu niedrig für ihn war. Ich kauerte mich in meinen Winkel auf dem Sofa. »Es ist schön, hier zu sein«, sagte er. »Dieses Zimmer. Da lauf ich in dieser dreckigen Stadt rum – die ganze Zeit, seit Donnerstag – und dann dieses Zimmer hier. Mann, ich erinner mich noch an die erste Nacht – du in deinem Nachthemd, so einem kleinen roten Ding – es war doch rot? Rot mit einem ganz klein bißchen Muster hier und da ...« (Mein Rotseidenes, das ich kaum trage, weil man das Zeug nicht waschen kann, aber ich zieh es über, wenn unerwartet jemand kommt und ich nicht angezogen bin.) »– aber du bist zur Tür gekommen, ganz ruhig, keine Spur Angst vor den zwei fremden Schwarzen vor deiner Tür.«
Ging es um Geld? Manchmal zahlt er es zurück, manchmal nicht. Ich konnte mich nicht erinnern, ob er mir im Augenblick etwas schuldig war. »Ich kannte Reba«, warf ich von meiner günstigen Position auf dem bequemen Sofa ein, um es ihm nicht zu leicht zu machen. »Ich hatte Reba schon früher gesehen.«
»Aber du hast nicht gewußt, wer er ist. Du hast ihn nicht wiedererkannt, ich hab's bemerkt. Und trotzdem hast du uns höflich reingebeten« – eine kleine Verlegenheitsgeste – »und ich hab sogar ein paar kalte Reste von deinem Abendessen gekriegt ... Liz ...« Mit einem Lächeln, das ein Kompliment daraus machte, hielt er mir meine Gutmütigkeit vor. »Lizzie ...« Die unpas-

sende, mit Absicht naiv-plumpe Verwendung der für Dienstmädchen gebräuchlichen Verkleinerungsform meines Namens machte ein Kosewort daraus.

»Ich wußte bloß nichts anderes zu sagen«, erklärte ich oberflächlich und fing abermals in seinen Augen auf, wie er eine Information registrierte, in Worten, die ich nicht kannte: er fühlte sich zu der Hoffnung ermutigt, daß ich auch diesmal nichts zu sagen wüßte und schlicht und einfach aus Verblüffung geben würde, was von mir verlangt wurde.

Er rückte schwer auf dem niedrigen Hocker hin und her und verdrehte mit einer gequälten Kopfbewegung die Augen, als richtete jemand eine Lampe in sein Gesicht. Es war so etwas wie eine Pantomime der Verzweiflung – gespielt für mich. Er holte Luft, um zu sprechen, aber dann hielt er inne und ließ seine Hände mit einem müden Zucken ausdrücken, was er zu verstehen geben wollte. Und trotzdem spürte ich hinter dem Theater etwas Echtes, vermittelte er mir einen Eindruck, dessen er sich nicht bewußt war – den Eindruck eines jungen schwarzen Elefanten im weißen Porzellanladen mit seinen netten kleinen Einladungen zum Abendessen, seinen Bücherregalen und Nippes und seinen Kaffeekränzchen.

»Ich hab mir in den letzten Tagen«, sagte er, »den Kopf zerbrochen ... was sag ich, den letzten Tagen! Von früh bis spät, während ich dahin und dorthin ging. Ich sag dir, es war 'ne Zeit ...«

Ich antwortete nicht, wartete, und er verstand. »Wenn

wir irgendwie weitermachen wollen, wenn wir uns um die Leute kümmern wollen, verstehst du – es sind Anwälte zu bezahlen –, und jetzt all diese Fälle am östlichen Kap –«

Mit einem Blick zog er mich in die Sache hinein, und ich nickte; einundzwanzig Männer vom PAC waren diese Woche wegen Sabotage angeklagt worden – es war nur eine kleine Notiz in der Zeitung gewesen, es gibt so viele Fälle dieser Art, alles Leute, die vor einem Jahr in Haft genommen worden waren und denen erst jetzt nach und nach der Prozeß gemacht wird.

»Aber stellen nicht die Verteidigungs- und Hilfsorganisationen Anwälte?« Immer der ordentliche weiße Verstand, der es gewohnt ist, eine Katastrophe auf dem Weg über die richtigen professionellen Kanäle zu bewältigen.

Er hob eine Hand, wie um zu sagen, nicht so schnell. »Tun sie, tun sie, bis zu einem gewissen Grad – aber du weißt doch, wie das ist, Mann, es gibt alle möglichen Haken dabei. Du weißt doch, wie das läuft; da muß alles fix und fertig untersucht und genehmigt sein. Und es geht ja auch nicht nur um die gerichtliche Verteidigung. Es geht auch um die Familien und das alles.« Er sah mich einen Augenblick direkt an, mit ruhigen, ovalen Augen, aus denen jede Kommunikation zu schwinden schien. »Es gibt noch andere Probleme.« Sein Blick ging ins Leere, während mir für einen flüchtigen Moment ein Tatbestand vor Augen geführt wurde.

Ich sagte: »Ich weiß so wenig in letzter Zeit. Ich muß glauben, was in den Zeitungen steht, in den Townships ist alles ruhig, der Untergrund ist im Augenblick zerschlagen.«
»Das ist richtig«, sagte er. »Das ist alles, was du weißt, Liz, und das ist auch alles, was du wissen mußt.« Wieder schmeichelte er mir. Er weiß, wir Weißen haben gerne das Gefühl, daß wir »in Ordnung« sind, daß man uns vertrauen kann; und daß wir ausreichend »drin« sind, um eine unausgesprochene Vertraulichkeit zu verstehen.
Er sagte plötzlich: »Du erinnerst dich doch an Colonel Gaisford?«, und ich lachte und wollte schon sagen, mein Gott, der komische alte Kauz – aber zum Glück sagte ich es nicht, denn er fuhr fort – »Ein großer alter Mann, einer der Besten, er war uns ein guter Freund, ein wahrer Freund« – die Art missionarischen Vokabulars, die der Colonel selbst vielleicht benutzt hätte. Colonel Gaisford war ein Mann, dessen Güte in einer Situation, deren reale Umstände er nicht versteht, zur Naivität wird. Er kam letztes Jahr ins Gefängnis, obwohl er vollkommen wahrheitsgemäß beteuerte, er habe nicht gewußt, daß das Geld in dem von ihm verwalteten Fonds für wohltätige Zwecke dazu benutzt wurde, Leute zur Militärausbildung außer Landes zu schicken. Aber ich sah, daß Lukes Empfindungen für den alten Mann, den Mann, den sie ganz schamlos benutzt hatten, echt und die pathetischen Adjektive die einzigen waren, die ihm

zur Verfügung standen, um sein Gefühl des Noblen auszudrücken. »Ein Mann wie der ist unersetzlich, sag ich dir. Ich mein, es gab schon ein paar Leute, die uns seither geholfen haben« – er ließ behutsam ein oder zwei Namen fallen; und jetzt, wo ich sie gehört hatte, wurde mir bewußt, daß ich noch weiter hineingezogen wurde – »aber es hat nicht so besonders gut geklappt.«

Es war eine seltsame Art, das auszudrücken; einer der Genannten war geflohen, der andere stand, natürlich, unter Hausarrest. Und das war auch genau die Schwierigkeit, auf die er hinauswollte – »Er ist unter Hausarrest, und es ist ihm so gut wie unmöglich, mit dem Geld umzugehen.«

»Kommt denn immer noch Geld ins Land?«

Es ging mich eigentlich nichts an, aber er hatte mich so weit hineingezogen, daß er wahrscheinlich meinte, mir etwas schuldig zu sein. »So ist es. Oder sagen wir, so wäre es, wenn wir's arrangieren könnten. Guter Gott, Liz, wenn du wüßtest, was ich alles versucht hab in diesen letzten Tagen. Ich hab wirklich gekämpft, um was zu erreichen, aber wohin ich auch geh, von einem zum nächsten, überall gibt es 'nen Haken –«

»Es ist gefährlich! Glaubst du nicht, daß sie mittlerweile über dich Bescheid wissen?«

Er antwortete nicht, lächelte nur, wie um gleichmütig zu sagen, lassen wir das. Wenn ihm keiner auf den Fersen ist, wird er es niemals zugeben, und wenn ihm einer auf den Fersen ist, wissen es längst beide, Verfolgter

und Verfolger, und sie werden ihre Strecke gemeinsam hinter sich bringen.
»Es ist so einfach, Liz, Mann«, als könnte ich etwas tun gegen die Engstirnigkeit, den Mangel an Bereitschaft von »einem und dem nächsten« – »es braucht nicht mehr als jemanden mit 'nem Bankkonto mit 'nem bißchen Geld drauf. Jemanden, der ab und zu Bargeld aus Übersee kriegt – das ist alles. Kennst du niemanden, der in den kommenden Monaten ein paar extra Kredite auf sein Konto nehmen kann?«
Das also war es. Er hatte mich drangekriegt; wie bei dem Spiel, das wir als Kinder spielten, wenn derjenige, der »dran« war, ein Taschentuch hinter deinem Rücken fallen ließ und plötzlich warst du »dran«. Du kannst noch so wachsam sein, du kriegst das Taschentuch doch.
Das Denken zwischen uns beschleunigte sich. »Wen um alles in der Welt sollte ich denn kennen!« Ich sagte es so, daß es lächerlich klang.
»Irgendeinen Freund ...« Hatte ich einen Rückzieher gemacht, so machte er einen Schritt vorwärts, um mir entgegenzutreten. Er hatte wieder diesen Ausdruck, als schiene ihm die Sonne in die Augen; geblendet, aber ohne den Blick abzuwenden.
»Aber welchen Freund?«
Seine großen Augen erfaßten mit einem Blick jeden Ausweg, den ich versuchen könnte, und versperrten ihn im voraus. Er wartete.
»Ich kenn niemand – und denk an den Colonel!« Jeder,

der das Geld entgegennähme, würde denselben Weg gehen wie der alte Gaisford.

»Nein, da besteht keine Gefahr – wir haben das jetzt im Griff.« Er gab die fatal leicht hingesagte Versicherung ab, die man von Leuten seiner Art immer zu hören bekommt. »Und wir werden von jetzt an dasselbe Konto nicht länger als zirka sechs Monate benutzen.«

Er sah mich weiter an, halb lächelnd, zufrieden, daß ich nicht entkommen konnte.

»Du denkst doch nicht an mich!«

Es war absurd, aber er betrachtete die Absurdität als ein weiteres Ausweichmanöver und gab mir das Gefühl, als versuchte ich etwas zu verbergen. Aber was? Es ist wahr, daß ich kein Geld aus dem Ausland bekomme, tatsächlich habe ich nicht mehr auf der Bank als die – oft in die roten Zahlen abrutschende – kleine Spanne zwischen dem Gehalt, das ich am Monatsbeginn einzahle, und den Rechnungen, die ich bis zum Ende bezahle. Schließlich lachte er mit mir, aber ich sah, daß seine Entschlossenheit unter dem Lachen nicht wich; das Lachen war nur eine Nebenbemerkung.

»Ach komm, Liz.«

Ich sagte ihm, daß er verrückt sein müsse. Ich wüßte niemanden, absolut niemanden, den ich auch nur darauf ansprechen könnte. Ich sagte, daß ich längst keinen Kontakt mehr hätte zu Kreisen dieser Art – eine bedeutungslose Bemerkung, denn wir beide wußten, daß er anderenfalls nicht zu mir gekommen wäre, nicht zu mir hätte kommen können. Aber alles, was ich sagte, war bedeutungslos. Was ich ihm wirklich mitteilte, und was er auch verstand, war, daß ich Angst hatte, zu tun, worum er mich bat, Angst, selbst wenn ich »jemanden« gekannt hätte, selbst wenn ich irgendeine plausible Erklärung dafür gehabt hätte, daß plötzlich Geld auf mein Konto kam. Wir hielten das Gespräch auf einer rein praktischen Ebene, und es war ein Spiel, das wir beide verstanden – wie das Umarmen und Flirten. Ja, das Flirten gehört sogar zu diesem anderen Spiel; es war ein sexueller Unterton in der schmeichelnden und zugleich herausfordernden Art, wie er auf mich einredete, und das ist in Ordnung, das ist ehrlich und echt.

Ich sagte, ich würde darüber nachdenken; ich würde versuchen, eine Lösung zu finden. Wenn mir jemand einfiele, würde ich vielleicht sogar schon ein wenig die Fühler ausstrecken. Er gab mir noch ein paar Details – »laß mich dich briefen« (er liebt diese Art Vokabular) –, als gäbe es diese Person tatsächlich.

Und während wir redeten, wuchs in mir der Gedanke, fast wie sexuelle Erregung, und übertrug vielleicht genau wie diese – denn ich war nervös – die damit verbundene Spannung: da ist doch das Konto meiner Großmutter. Sie hat immer Dividenden von weiß Gott woher gekriegt. Seit mehr als einem Jahr habe ich die Vollmacht über ihr Konto, um Zahlungen (für das Heim und andere anfallende Ausgaben) von ihrer unzuverlässigen geistigen Verfassung unabhängig zu machen. Ich hatte Angst, Luke würde es irgendwie erraten – nicht die Tatsache, aber daß es eine *Möglichkeit* gab; daß ich wirklich etwas zu verbergen hatte. Seine Hand, seine junge, schwerfällige Präsenz (er war nur mit meiner Erlaubnis hier, ich konnte ihn, wann ich wollte, zum Gehen auffordern) lag über dem Ganzen. Und zugleich hatte ich das Gefühl, daß er es ohnehin schon die ganze Zeit gewußt hatte, den ganzen Abend hindurch, daß da eine Möglichkeit war, ein verborgener Faktor, und daß er mich dazu bringen würde, ihn mir selbst bewußt zu machen. Vielleicht nur das intuitive Gefühl der Schwarzen, daß die Weißen, die so lange an der Macht waren, sich immer – auch wenn sie enterbt sind – irgendwo eine vergessene Quelle bewahrt haben – ein Familienschmuckstück aus im Laufe von Generationen angehäuften Besitztümern.

»Und wenn es nur für sagen wir sechs Monate wär, mein Gott, du weißt nicht, wie wichtig das für uns ist – auch nur für 'n paar Monate.« Wir redeten weiter, als wäre der nicht existente »Jemand«, an den ich mich nie wenden würde, bereits gefunden.

Ich sagte immer wieder: »Aber ich kann nichts versprechen – vielleicht, wenn ich nachdenk ... vielleicht fällt mir ein Name ein, auf den ich jetzt nicht komm. Aber ich bezweifle es ...«, und er lauerte am Rand meiner Unsicherheit und meiner Entschuldigungen und schnappte danach wie ein Vogel, der nach Mücken schnappt. »Das wär großartig, Mann. Uns sind die

Hände gebunden, die Hände gebunden! Da liegt das Geld in London und wartet auf uns, aber seit acht Monaten – acht Monaten schon! – können wir nichts tun, uns sind einfach die Hände gebunden!«

»Na gut, ich seh mich um und sag dir Bescheid.«

»Du sagst mir Bescheid?«

Ich sagte, ja, wir bleiben doch in Verbindung; wir sagen das immer, wenn er kommt; es bedeutete, daß er vielleicht in sechs Wochen oder drei Monaten wieder auftauchen und ich ihm sagen würde, daß es mir schrecklich leid täte, ich hätte niemanden finden können.

»Morgen abend?« sagte er.

Worauf ich, mit einem Lachen über seine Ungeduld, erwidern konnte: »Es ist schon morgen – gib mir ’ne Chance. Ich muß nachdenken.«

Also sagte er zärtlich, aber vorsichtig: »Also gut, dann Dienstag oder vielleicht Mittwoch. Ich muß zurück, verstehst du, ich kann nicht zu lang hier rumhängen.« Er betrachtete mich mit draufgängerischem, männlichem Stolz und mit Bewunderung, als hätte er eine besondere Verwegenheit an mir entdeckt, die ihn entzückte. »Ich laß dich jetzt lieber ein bißchen schlafen«, sagte er, kam herüber und streckte die Hand nach mir aus, um mich vom Sofa hochzuziehen. Mir war kalt, und ich schlang die Arme um mich selbst. »Was machst du jetzt?« – sein Blick wanderte noch einmal durch den Raum – »rufst du deinen Freund an?« Ich sah ihn an und lächelte. »Der schläft schon lange.« Hinter der Tür redeten wir leise, und als ich sie öffnete, winkten wir uns »gute Nacht« zu, weil hinter der Glastür der Wohnung gegenüber noch Licht brannte. Seine Schuhsohlen knarrten, und ich hatte Lust zu lachen. Er grinste und legte mir die Handfläche mit genau dem richtigen Maß an leisem Bedauern einen Augenblick aufs Hinterteil, mit der Geste, mit der man sagt, warte hier.

Und nun ist er also weg, mein Orpheus in seiner zu modischen Jacke, zurück zu seinen Freunden in den überfüllten Räumen irgendwo in der Stadt außerhalb der Stadt. In gewisser Weise muß es eine Erleichterung für ihn sein, die blasse Eurydike mit ihren muffigen Geheimnissen hinter sich zu lassen, ihr lebensversichertes Schattenreich (Graham hat mich zu einer umfassenden Versicherung überredet). Zu dieser Nachtzeit liegen die Dinge im Raum wie Papierfetzen um mich, die der Wind auf einem leeren Parkplatz zusammengefegt hat. Und ich stehe verloren herum; wohin kann ich denn gehen, zu wem? Dies hier ist die Höhle, die ich mir eingerichtet habe. Nur die Blumen, die in der Vase ihre Knospen öffnen und bis Montag tot sein werden, atmen in dem Raum. Ich stecke mein Gesicht in den Strauß, ätherkühle Schneeglöckchen; aber die Geste ist halb theatralisch.

Ich dachte sogar daran, ein wenig auszugehen, in einen der Hillbrow-Clubs, wo ich in einer Samstagnacht mit ziemlicher Wahrscheinlichkeit Bekannte treffen würde. Ich tu das manchmal, wenn Graham nach Hause gegangen ist. Ich zieh mir einen Mantel über, leg ein bißchen Lippenstift auf und geh hinunter in eines dieser lauten finsteren Lokale, die er nie von innen gesehen hat. Er nennt sie »das weiße *Laager*«, und in gewisser Weise ist es das auch: all die deutschen und italienischen Immigranten auf der Suche nach dem europäischen Straßenleben, und die jungen weißen Südafrikaner mit ihren Mädchen, die ein bißchen auf verrucht machen, während draußen in den Gassen die schwarzen Prostituierten und männlichen Transvestiten herumhängen und auf die warten, denen es ernst ist. In einigen dieser Lokale gibt es schlanke junge Männer mit Gitarren, und alle singen mit, wenn sie spielen »We Shall Overcome«, geradeso als wäre es »My Bonny Lies Over the Ocean«. Ich sollte Graham einmal mitnehmen. Aber das wäre ein Übergriff auf mein Privatleben.

Ich habe alles in dem Raum gelassen, wie es war – die verschrumpelten Zwiebelringe auf unseren Tellern, Lukes Serviette, die auf den Boden fiel, als er sich vom Tisch abwandte, den Käse, damit die Mäuse hinaufklettern und ihn sich holen können, den Affen, der auf dem Sofa liegt. Morgen wird Samson für eine halbe Krone extra alles wegräumen und die Reste in einem alten Marmeladenglas mitnehmen. Ich kreme mir das Gesicht ein, wie ich es jeden Abend mache, so wie ein Mann sorgfältig sein Gewehr nach dem Benutzen säubert und ölt. Ich lege mich ins Bett, im Dunkeln, und mein Körper folgt der Routine des Einschlafrituals: linke Seite, rechtes Bein angewinkelt, Bauch nach unten, Kopf nach links; linkes Bein angewinkelt, Kopf nach rechts, langsame Gewichtsverlagerung nach rechts.

Vielleicht spricht er jetzt in der Sprache, die ich nicht verstehe, mit vielen Ausrufen und emphatischen Pausen, erzählt ihnen, daß er eine weiße Frau gefunden hat, die es machen wird. Aber das ist Unsinn, er kann unmöglich vom Konto meiner Großmutter wissen. Es steht mir nicht auf der Stirn geschrieben. Er ist weg. In drei oder vier Monaten wird er wieder auftauchen, und es wird sein, als wäre die ganze Sache erledigt. Afrikaner sind instinktiv taktvoll in diesen Dingen. Er weiß, daß mein ganzes Gerede darüber, daß ich nachdenken würde, ob mir jemand einfällt, daß ich mehr Zeit brauche und so weiter, nur eine Art des Neinsagens ist, die es – ihm und mir – erlaubt, das Gesicht zu wahren. Er weiß das. Er muß es wissen. Und nächstes Mal wird er etwas anderes von mir wollen, vielleicht wieder fünf Rand, oder vielleicht auch nur eine Mahlzeit, und es wäre nicht angebracht, das anzusprechen, worum er beim letzten Mal gebeten hatte.

Die Scheinwerfer eines Wagens, der die steile Kurve in die Straße einbiegt, lassen langsam einen großen blassen Lichtfalter durch den Raum flattern; ich drehe mich auf den Rücken, um ihm mit dem Blick zu folgen. Dann ist es wieder dunkel, aber irgendein anderes Licht, vielleicht eine Straßenlaterne, wirft ein flackerndes Bild an die Wand (der Schatten vom Zweig eines Baumes?), gesprenkelt wie Licht, das sich im Wasser spiegelt. Aber Wasser ist dunkel und schwer unter seinem eigenen Gewicht, es gibt kein Licht da unten. Ich weiß, daß sie ihn heraufgeholt haben, als sie den Koffer voller Papiere bargen; aber er wird immer da unten sein, wo er freiwillig hingegangen ist, wo er seinen letzten bewußten Gedanken dachte. Max war aus der Spätausgabe gestrichen worden, verdrängt von den Astronauten. Sie sind immer noch da oben, irgendwo über meinem Kopf. Nächstes Mal wird es der Mond sein.

Ich hätte mir das Titelblatt mit den Bildern aufheben sollen, um es Bobo zu schicken. Ich muß morgen früh daran denken.

Ich weiß nicht, wie spät es ist. Oft kann man an der Beschaffenheit von Dunkelheit und Stille ablesen, ob man tief nachts oder gegen Morgen aufgewacht ist. Es kann nicht viel bis zum Morgen fehlen, ich bin spät zu Bett gegangen und habe das Gefühl, aus einem langen Schlaf erwacht zu sein. Trotzdem ist es ganz dunkel und still, Schicht auf Schicht von Schlaf sind in diesem Gebäude eingeschlossen, zwischen Erde und finsterer Unendlichkeit . . . und jetzt höre ich, sehr weit weg, aber ganz deutlich, das Knirschen und Aufeinanderprallen einrastender Kupplungen zwischen den Waggons eines Zugs; der Rangierbahnhof ist gut drei Kilometer von hier entfernt, und man hört sonst nie etwas davon.

Seit ich wach bin, denke ich sehr klar. Es ist, als hätte sich während des Schlafes ein Sediment in meinem Geist abgesetzt, und alle Sinne sind geschärft wie mein Gehör. Wenn ich mich auch nur ein wenig rühre, könnte die Bewegung eine Trübung bewirken, so wie der Schneesturm, der in Bobos Briefbeschwerer entsteht; aber auch alle meine Muskeln sind perfekt gespannt, und ich bin mir nicht bewußt, in welcher Position ich daliege. Ich bin klar wie ein Fisch in einem beleuchteten Aquarium, wie ihre (silbrige?) Kapsel da oben in der leeren Nacht, die sich noch weiter erstreckt als der lilafarbene Himmel. »Vom Pazifik zum Atlantik in zwanzig Minuten«; während Max ertrank, ging im Weltraum ein Mensch spazieren.

Warum der Mond?

Es scheint kein Mond heute, sonst könnte das Zimmer nicht so dunkel sein.

Ist es nicht die ewig gleiche alte Sehnsucht nach Unsterblichkeit, allen unseren Wunschträumen von der Überschreitung menschlicher Grenzen jeglicher Art verwandt? Das Gefühl, daß man, wenn man so etwas zustande bringt, einen Schritt näher daran ist, sich über die unserem Menschenleben gesetzte Grenze hinwegzusetzen: unseren Tod. Wir machen uns zum Herrn über unsere Umwelt, um uns am Leben zu erhalten, aber es ist nur eine Herrschaft für die Spanne menschlichen Lebens, egal, ob man sie nun mit drei mal zwanzig plus zehn bemißt oder mit Hilfe der Medizin um ein paar Jahre verlängert – wie im Fall der alten

Dame. Wir haben gelernt, uns am Leben zu erhalten – bis es Zeit zum Sterben ist.
Man kann runtergehen und die Liebe suchen oder raufgehen und nach dem Mond greifen.
Aber wenn wir etwas *außerhalb* unserer faßbaren Umgebung beherrschen, haben wir dann nicht allen Grund zu glauben, daß es uns gelungen ist, jenseits der Tatsache des Todes hinauszugreifen? Wenn wir dieses Jenseitige beherrschen, wie die Männer da oben, sind wir dann nicht so nahe an die Beherrschung des Todes herangekommen, wie es überhaupt nur möglich ist? Könnte man das nicht als eine Art Vorwegnahme, als Symbol für diese Beherrschung betrachten?
Sie leben, da oben.
Der Ort der Handlung selbst ist von Bedeutung. Wir nennen das Nichts über mir »Himmel«; und so ist es zum Dach unserer Welt geworden, Teil unseres irdischen und begrenzten Daseins, Zeuge unseres Augenblicks von siebenundachtzig oder einunddreißig Jahren (nächsten Monat wäre er zweiunddreißig geworden). Aber wir wissen, daß dieses »Nichts« jenseits der Wolkendecke, das ich selbst von einem Flugzeug aus gesehen habe, diese atmosphärische Hülle, über die andere hinausgeflogen sind – daß dieses »Nichts« Raum ist. Der Zwilling der Zeit, wie man sagt. Ich höre es in Grahams Stimme: Gemeinsam verkörpern sie, nach der einzigen Vorstellung, die wir uns davon machen können, die Unendlichkeit. Nächtliche, lila Unendlichkeit.

Wenn dieser Mann über meinem Kopf aus »dem Himmel« in den Raum vordringen kann, wenn er aus seiner von Menschen erdachten, von Menschen gesteuerten Kapsel den Schritt in eine Umgebung jenseits der Umwelt des Menschen tun kann, wenn er dazu fähig ist, sich aus eigenem Willen in den Strudel hineinzubegeben, aus dem unser Planet herausgeschleudert wurde und in dem sein Abkühlen, das Hervorbringen von Leben und das Erscheinen des Menschen mit allen seinen Werken insgesamt nur einen Augenblick gedauert haben (wenn man versucht, in zeitlichen Begriffen darüber nachzudenken) – wenn er das kann, kann er dann noch sterblich sein? Wenn Gott das Prinzip des Ewigen ist, ist er dann heute nacht nicht Gott nahe? Näher als Max – der es mit der Liebe versuchte – am Grund des Meeres. Die Religionen lehren doch, daß das Reich Gottes, des Geistes, nicht von dieser Welt ist. Das Fleisch ist von dieser Welt; der Tod ist von dieser Welt, aber nur durch den Tod können wir ins ewige Leben eintreten. Der Raum ist auch nicht von dieser Welt, und dennoch kann man, lebendig, darin herumspazieren da oben. Man muß nicht tot sein, um dort eintreten zu können. Ist es überraschend, daß es in unserem Unterbewußtsein eine tiefe Verbindung gibt zwischen der Ewigkeit Gottes und der Unendlichkeit des Raumes? Tatsächlich haben einige Wissenschaftler sich darangemacht, zu beweisen, daß sie ein und dasselbe sind, und fast alle glauben, daß es zumindest eine gewisse Identität gibt zwischen religiösem Mythos

und dem evolutionären Drang nach höheren Lebensformen.
Was über unseren Köpfen vor sich geht, ist vielleicht der geistige Ausdruck unserer Zeit, und wir erkennen es nicht. Die Weltraumforschung ist kein »Programm« – sie ist die neue Religion. Außerhalb der Kapsel, da oben, außerhalb dieser Welt, auf eine Art, wie man es niemals sein kann am Grunde des Meeres; aus dieser Welt heraus, hinein in die Unendlichkeit, die Ewigkeit. Könnte irgendeine Form der Anbetung, wie wir sie seit zweitausend Jahren kennen, die Sehnsucht nach einem Leben über das Leben hinaus – die Sehnsucht nach Gott – eindringlicher zum Ausdruck bringen?
Das ist es, worum es da oben geht, hinter dem Herumalbern, den dehydrierten Hamburgern und den im Fernsehen bekanntgegebenen Blutwerten. Wenn es das nächste Mal der Mond sein soll, dann deshalb … deshalb …

… es gibt keinen Grund, weshalb Luke nicht zurückkommen sollte.
Ich muß einen Augenblick eingedöst sein; ich kehre mit einem Schwung auf den Boden zurück wie eine Schaukel von der Grenze ihres Halbbogens.
Das Scheckbuch ist in der oberen linken Schublade meines Toilettentischs. Keinen Meter weit weg. Es wäre mir durchaus möglich, mich meiner Vollmacht über das Konto meiner Großmutter zu bedienen. Ich müßte nur genau verifizieren (Grahams Wort), wie ich Zah-

lungen aus dem Ausland auf ihr Konto buchen lassen kann; bisher war es mit ausländischer Währung so, daß ich – wenn es sich um eine Währung außerhalb des Sterling-Gebietes handelte – ein Formular ausfüllte, in das ich Herkunft und Zweck der Zahlungen eintrug – Dividenden aus Aktien in der Gesellschaft so und so und so weiter. Und wenn das Geld aus dem Sterling-Gebiet kommt? Muß ich dann nicht auch die Herkunft angeben? Ja, natürlich, der Name des Absenders muß auf der Überweisung stehen. Das ist Routine. Aber was geschieht, wenn das Geld von der Bank zugunsten des Kontos eingezogen wird? Soweit ich mich erinnere, gibt es dann irgendein anderes Formular auszufüllen, oder mußte die Herkunft des Geldes auf der Rückseite des Einziehungsbelegs angegeben werden? Es ist ein- oder zweimal vorgekommen, aber ich weiß nicht mehr genau, was ich damals gemacht habe.

Was ist mit der Einkommensteuererklärung? Wie zieht man sich da aus der Affäre? Luke muß irgendwelche Vorstellungen haben; er hat gesagt, man braucht bloß ein Bankkonto. Genau. Wie bei Colonel Gaisford.

Graham wüßte genau, wie man das mit der Bank und der Steuerbehörde einfädeln müßte; er wüßte genau, wo und wie sie einen erwischen könnten. Aber diese Sache ist etwas, womit man Graham niemals behelligen kann; damit zu ihm zu kommen ginge eindeutig zu weit. Graham war es, der voriges Jahr erfolgreich einen Paß für mich beantragt hatte, nachdem er mir jahrelang verweigert worden war. Graham hat die sicheren

Grenzen dafür abgesteckt, womit man – »eine Frau in deiner Lage« – davonkommen kann.
Bestimmt gibt es eine Klausel, über die man stolpern würde, eine Bestimmung, der man nicht nachkommen könnte. Aber für sechs Monate, und wenn es nur für sechs Monate ist, hat er gesagt ... das Bankkonto einer alten Frau ... wer kommt schon auf den Gedanken, sich das genauer anzusehen? Vielleicht lebt meine Großmutter nur noch ein paar Monate; es ist, als existiere das Konto zu keinem anderen Zweck. Sie würde nie zur Verantwortung gezogen werden können, was immer auch geschehen mochte. Aber natürlich wäre da meine Unterschrift, der Name Van Den Sandt. Aber bis Nachforschungen über die Herkunft der eingegangenen Gelder angestellt wären und man die Verbindung zum Empfänger der ausgezahlten Gelder hergestellt hätte ... bis dahin könnte sie unter Umständen tot sein, das Konto würde vielleicht nicht mehr für denselben Zweck benutzt werden. Alles ist unmöglich, wenn man immer auf Nummer Sicher gehen will.
Warum um alles in der Welt sollte ich so was tun?
Es scheint mir, daß die Antwort ganz einfach das Bankkonto ist. Ich kann es nicht erklären; aber da ist das Bankkonto. Das genügt. So wie Bobo früher eine Frage über sein Benehmen oft mit dem einzigen Wort: »Darum«, beantwortet hat. Habe ich also die Absicht, mich wieder auf die Politik einzulassen? Und wenn ja, welche Art Politik? Aber darum kümmere ich mich gar nicht, die Frage ist irrelevant. Das Bankkonto ist da. Es

kann vielleicht für diesen Zweck benutzt werden. Was ist geschehen, hat die alte Dame mich gefragt: Also, das ist geschehen. Luke weiß, was er will, und er weiß, von wem er es verlangen muß. Natürlich hat er recht. Eine sympathisierende Weiße hat ihm nichts zu bieten – außer ihrer Verankerung in dem guten alten weißen Reservat von Banken und Privilegien. Und als Gegenleistung kommt er mit dem Rauchgeruch von Kohlenfeuer in den Kleidern. Ach ja, und es ist gut möglich, daß er das nächste Mal oder irgendwann einmal mit mir ins Bett geht. Das gehört zu dem Geschäft. Und es ist auch nicht unehrlich, genausowenig wie seine Eitelkeit, seine Lügen, das Geld, das er sich borgt und nicht zurückzahlt: es ist alles, was er mir zu bieten hat. Es wäre besser, ich würde das dankbar annehmen, denn dann würden wir einander nichts schulden, weil jeder gegeben hat, was er hat, und keiner kann dem anderen einen Vorwurf daraus machen, wenn der eine mehr zu geben hat als der andere. Und außerdem will ich es vielleicht. Ich weiß nicht. Vielleicht wäre es besser als das, was ich gehabt habe – oder was ich habe. Vielleicht würde es mir jetzt besser passen. Wer will behaupten, man könnte es nicht Liebe nennen? Man kann nicht mehr tun als geben, was man hat.

Es ist so still, daß ich fast glauben könnte, ich höre die Sterne ihre Bahnen ziehen – ein vibrierendes, unendlich hohes Summen, das man früher »Sphärenmusik« nannte. Vielleicht sind es die Amerikaner, die auf ihrer Suche da oben den größten aller Kreise ziehen.

Ich liege jetzt schon lange wach. Es gibt keine Uhr in dem Zimmer, seit der rote Reisewecker, den Bobo mir einmal geschenkt hat, kaputtgegangen ist, aber die langsamen, gleichmäßigen Schläge meines Herzens wiederholen mir wie eine Uhr: bangen, leben, bangen, leben, bangen, leben …

Glossar

Bantustan	abwertende oder scherzhafte Bezeichnung für ein afrikanisches Homeland, ein für ein bestimmtes schwarzafrikanisches Volk reserviertes Siedlungsgebiet
corn muffin	Maismehlgebäck
cream scones	weiches Gebäck, das mit Butter oder dikkem Rahm gegessen wird
munts	Zimbabwe-Slang: Schwarzafrikaner
Nartjies	Mandarinen
Township	für Nichtweiße reserviertes Siedlungsgebiet, gewöhnlich in der Nähe einer Stadt
UP	United Party: Koalition der National Party und der South African Party, gegründet 1934, inzwischen aufgelöst
veld	südafrikanisches Grasland
veldskoen	Halbstiefel oder Schuhe aus Rauhleder, meistens mit leichter Gummisohle
Ysterhoutbaum	auch Eisenbaum, aus der Gattung Olea capensis

Foto: Isolde Ohlbaum

Nadine Gordimer wurde 1923 in dem südafrikanischen Grubenstädtchen Springs geboren. Sie begann schon in frühem Alter Erzählungen zu schreiben und begründete mit ihren ersten Romanen in den fünfziger Jahren ihren Ruf als große Autorin. Sowohl in ihrem öffentlichen Wirken als auch in ihren Werken setzte sie sich beharrlich für die Befreiung der Afrikaner in ihrem Heimatland ein, was wiederholt zum Verbot ihrer Romane in Südafrika führte. 1991 wurde ihr der Nobelpreis für Literatur verliehen, eine seit langem erwartete Bestätigung der weltweiten Bedeutung eines großen Werkes von gleichbleibender Qualität. Für viele ist Nadine Gordimer heute die größte lebende Autorin der englischsprachigen Literatur. Sie lebt mit ihrem Mann Reinhold Cassirer in Johannesburg.